EU SOU PROIBIDA

A marca FSC® é a garantia de que a madeira utilizada na fabricação do papel deste livro provém de florestas que foram gerenciadas de maneira ambientalmente correta, socialmente justa e economicamente viável, além de outras fontes de origem controlada.

ANOUK MARKOVITS

Eu sou proibida

Tradução
George Schlesinger

COMPANHIA DAS LETRAS

Copyright © 2012 by Anouk Markovits
Todos os direitos reservados.

Grafia atualizada segundo o Acordo Ortográfico da Língua Portuguesa de 1990, que entrou em vigor no Brasil em 2009.

Título original
I Am Forbidden

Capa
David J. High

Foto de capa
Carla van de Puttelaar

Preparação
Silvana Afram

Revisão
Angela das Neves
Renata Lopes Del Nero

Dados Internacionais de Catalogação na Publicação (CIP)
(Câmara Brasileira do Livro, SP, Brasil)

Markovits, Anouk
   Eu sou proibida / Anouk Markovits ; tradução George Schlesinger
— 1ª ed. — São Paulo : Companhia das Letras, 2014.

   Título original: I Am Forbidden
   ISBN 978-85-359-2406-0

   1. Literatura inglesa 2. Romance Histórico I. Título.

14-01257   CDD-823

Índice para catálogo sistemático:
1. Romance Histórico : Literatura inglesa 823

[2014]
Todos os direitos desta edição reservados à
EDITORA SCHWARCZ S.A.
Rua Bandeira Paulista, 702, cj. 32
04532-002 — São Paulo — SP
Telefone: (11) 3707-3500
Fax: (11) 3707-3501
www.companhiadasletras.com.br
www.blogdacompanhia.com.br

Para Larry Berger

Eu sou proibida, e assim são meus filhos e os filhos de meus filhos, proibidos por dez gerações, homens ou mulheres.

Toda noite, desde que descobri, tenho pesquisado sobre emissão de sêmen, sobre como os livros deles dizem que será, sobre como nossos livros dizem que não deve ser.

O pergaminho da Lei foi um dia pele, a linha foi tendão, a pena um dia voou…

Diga-me, rolo de fogo, como se aprende a já estar escrito.
Diga-me, rolo de cinzas, como se começa de novo.

LIVRO I

1939
Szatmár, Transilvânia

Leves, rápidos, os calcanhares de Zalman tocavam o chão enquanto ele corria, nu, pelo corredor central da casa de oração. Sua mão se estendeu na direção do rolo da Torá erguido acima do altar, porém a capa bordada deslizava para cima, para fora da vista. O rolo estava aberto, revelando uma passagem que ele não memorizara. Ali, indiferente à negra escritura ashurita, as longas tranças desfeitas, estava Rachel Landau, a noiva de seu parceiro de estudos. Seus olhos escuros sorriram para Zalman. Ele correu mais depressa na direção dela, os quadris subindo e descendo, circundando o calor de sua *amá**...

Zalman acordou sentindo um calor úmido na coxa. Ficou deitado quieto, enquanto os textos que conhecia tão bem baixavam sobre ele: *Vós que vos inflamais entre os terebintos... que as-*

---

* A tradução de termos em iídiche e hebraico e nomes pouco familiares ao leitor brasileiro estão no final deste volume, num glossário organizado em ordem alfabética. (N. E.)

sassinais as crianças no vale... Não, não leiam schochtei, *que assassinais*, e sim sochtei, *que fazeis escorrer*. Rabi Yochanan diz: Quem quer que lance sua semente em vão merece a morte. Zalman puxou com força o cinto amarrado em torno de seus pulsos. Se seus companheiros de quarto não estivessem ali, ele teria batido no peito, obedecendo ao comando: *Fica irado e não peques*. Apertou a fivela contra o travesseiro para que não ressoasse na cabeceira metálica. Soltou um pulso, depois o outro. Havia tomado todas as precauções — nem a Lei nem o costume ordenavam que ele prendesse as mãos. Desatou a corda que amarrava seu tornozelo ao estribo da cama, de modo a impedir que ele se virasse de bruços e se roçasse acidentalmente durante o sono. Estendeu a mão em busca da bacia com água. O pijama pegajoso colou-se à virilha.

Senhor do universo, eu fiz isto involuntariamente.

Puxou o lençol.

Toda cama sobre a qual ele se deita e que tenha a emissão é impura.

Ele se esgueirou escada abaixo, pelo corredor estreito e escuro onde cada pequena ripa das venezianas fechadas era uma acusação. No deserto teria sido excluído da tenda do Tabernáculo e do acampamento dos levitas.

Empurrou a porta que se abria para o banho ritual. Ele imergiria três vezes e então teria permissão de estudar os livros sagrados naquele mesmo dia — *renascido após a terceira imersão*.

Despiu-se. A água beliscou suas panturrilhas, suas coxas; o arrepio fez murchar sua *amá*. Estendeu os braços e deixou-se afundar, certificando-se de que seus longos cachos laterais ficassem totalmente submersos.

Aconteceu no sono, pensou Zalman; ele tinha certeza de jamais ter corrido, nu, diante dos olhos de uma mulher, mas era culpado de outras maneiras, e o Senhor o estava punindo — seus colegas de classe decerto não eram visitados por tais sonhos.

Devia ter fugido tão logo vira Gershon segurando um alfinete e um volume do Talmude, tão logo vira os estudantes reunidos. A ponta metálica pairava sobre uma linha de texto, com cuidado para não arranhar as letras sagradas, fincada exatamente acima da palavra *pai*.

"*E então*, Zalman?", os estudantes o provocaram.

Zalman não resistiu: "Contenda".

Gershon ergueu a página do pesado tratado e todas as cabeças se curvaram para examinar que palavra se via no verso da página, exatamente onde estava a ponta do alfinete: *contenda*.

E o alfinete já estava fincado acima de outra palavra.

"E a duas páginas daqui, Zalman?"

Ele deveria ter considerado aquilo vaidade e se afastado, mas sabia a palavra na ponta do alfinete duas páginas adiante. "*Observa*." Só quando a ponta fincou sobre uma terceira palavra é que Zalman pôs fim à presunção, mas mesmo enquanto saía correndo sentiu o prazer de ouvir os sussurros reverentes dos colegas.

A cabeça de Zalman irrompeu na superfície da água para tomar fôlego, depois afundou uma segunda vez, mergulhando mais fundo no seu passado.

Ezra, o Mascate, gritava para ele: "Seis anos de idade e você consegue nomear toda a descendência de Adão até o rei Davi? Qual era o nome do descendente de Adão na décima segunda geração?".

"Arpachade."

"O vigésimo quinto?"

"Amram."

"É verdade, o menino Stern é um *ilui*, um prodígio de conhecimento da Torá."

Zalman não sabia ser modesto. Despejou o vigésimo sexto e o vigésimo sétimo nome como se a dádiva de Deus fosse uma conquista pessoal.

Ergueu a cabeça para tomar fôlego pela segunda vez e afundou na água de novo.

As palavras de seu pai ressoavam: "Cinco anos de idade e o nosso filho joga bolinha de gude em vez de estudar?".

Quando o professor saiu da sala de aula, Zalman se juntou aos outros garotos para arremessar nozes e ver quem as lançava mais perto da parede.

A preocupação do pai; o silêncio da mãe.

Submergiu até o fundo da pequena piscina até voltar aos três anos, uma criança com obrigações de criança. Seu pai tosando seu cabelo, deixando dois cachos laterais. Aí começou a flutuar subindo de volta e tinha dois anos, pronunciando as primeiras palavras enquanto os Céus o presenteavam com uvas passas e amêndoas. Tinha um ano, lambendo biscoitos com a forma de letras hebraicas cobertos de mel enquanto a mãe o cobria de beijos. Levantou-se e saiu da água.

Renascido.

Agora podia pôr seus filactérios, agora podia rogar a Ele: *Lembra-Te das amarras de Isaac, da Tua promessa a Abraão. Por mérito deles, não pelo meu, subjuga, mata, arranca os* lilin *gerados por meio dessas gotas que saíram de mim em vão...*

O Senhor ouviu a súplica de Zalman. Não houve emissões noturnas nos Dias Terríveis que conduzem ao Dia do Perdão, nem do Dia do Perdão até a Festa dos Tabernáculos. Ele podia olhar todo homem diretamente nos olhos novamente. No dia da Festa da Lei, *Simchat Torá*, Zalman dançou. Jamais sentira Sua presença com tanta proximidade.

Até o pôr do sol da tarde anterior, os chassidim haviam discutido os avanços de Hitler e Stálin pelos jornais; tinham debatido a queda de Varsóvia dez dias antes, e a partilha da Polônia, mas no dia da Festa da Lei eles dançaram. Seus braços direitos se erguiam, se dobravam, se estendiam, golpeando o ar a encobrir o manuscrito que envolvia seus anos de vida. Cada rodada de dança elevava seus corpos para mais perto de suas almas.

Comandando a dança, o Rebbe jogava a cabeça de um lado a outro. De olhos cerrados, ele via maravilhas que palavras não podiam descrever. Saltitava e o coração de toda a congregação saltava junto.

"*Shadai! Melech! Netsach!*", exclamava o Rebbe.

O círculo se aquietava, os chassidim estremeciam à medida que os nomes do Senhor pairavam sobre suas faces enlevadas.

"Ai, iai, iai", gritava o Rebbe.

"Ai, iai, iai", respondiam os chassidim. E cantavam música após música, entoando melodias sem restrições de letras ou significados, e os cachos laterais eram córregos prateados rodopiando em volta dos portões celestiais, que, com toda certeza, esta noite se escancarariam na sétima rodada.

O assistente cochichou algo no ouvido do Rebbe, ele assentiu, então o assistente chamou: "A prece *Adir Kevodô* será cantada por Zalman Stern!".

Era uma grande honra comandar um hino na congregação do Rebbe, uma imensa distinção para um jovem solteiro, mas

Zalman não era apenas um prodígio de conhecimento da Torá, tinha também a mais bela voz a leste de Viena.

"Shshshsh! Silêncio!", conclamou o assistente.

A voz de Zalman ergueu-se, focada, a partir do abdome, conforme lhe fora ensinado pelo pai, o cantor litúrgico de Temesvár. *"Esplêndida é a Sua honra..."*

As notas mergulharam nas profundezas, depois se elevaram, atiçando os anseios dos homens de se libertarem de seus corpos. Juntaram-se para o refrão, assombrados por ouvir suas modulações desregradas cobrindo o tom perfeito.

Aí a voz de Zalman se elevou novamente.

Muito depois de a última nota ter pairado no ar e fenecido, todos se mantinham quietos, até que o Rebbe soltou um *"*Ai, mamale, ai!*"*.

Eles se curvaram e voltaram a dançar — os meninos, os homens feitos, aqueles de barbas brancas; abraçando os rolos da Torá, saltitavam ao longo da roda que fazia seu passado rodar rumo ao futuro; entrelaçados por seus cachos, eles voltavam a se enrolar *No Começo*.

O dia raiava quando os homens deixaram a sinagoga.

Zalman Stern e seu parceiro de estudos, Gershon Heller, saíram juntos. Os dois rapazes caminhavam de um modo que mostrava respeito pela presença do Senhor: sem orgulho demais, ombros para trás, queixo reto, mas não erguido. Os passos ressoavam levemente através da neblina. Separaram-se ao chegar à Piața Libertății. Zalman adentrou a larga praça sozinho. Ondas de névoa banhavam as fachadas, mas Zalman via gemas cintilantes: Se, em *Simchat Torá*, dançar era o mesmo que rezar; se, em *Simchat Torá*, os anjos juntavam cada passo dançado por cada judeu e os teciam formando coroas, então o esplendor do Senhor, nesta manhã...

Algo puxou o colarinho de Zalman por trás, com força.

Um estalido abafado. Um ruído tardio quando o botão rolou pelas pedras do chão.

Soldados.

Um puxão na manga de Zalman. Mais dois botões se soltaram.

O cano de uma arma levantou seu chapéu. Sua mão se ergueu até a cabeça.

Um murro seco nos dedos. A mão de Zalman se recolheu, mas não antes de apalpar o solidéu para ver se tinha permanecido no lugar.

A boca da arma apontou para o chão. "Pegue!"

Zalman pegou o chapéu, segurou-o com as duas mãos, inseguro quanto a recolocá-lo na cabeça.

Um par de botas pretas se adiantou. Dois dedos de couro agarraram o chapéu, erguendo-o lentamente. A palma de uma mão achatou o chapéu contra o crânio de Zalman. As botas recuaram.

Uma baioneta apontou para sua barriga.

Zalman fechou os olhos. Se era para morrer, então que fosse de encontro à morte à maneira de rabi Akiva, proferindo a palavra *Um*. E como os mártires que o antecederam, Zalman entoou: "*Escuta, ó Israel, o Senhor é nosso Deus, o Senhor é…*".

"Um, dois, três. Parado!", a voz em frente ordenou.

Um clique. Um clarão.

Zalman tinha os ombros curvados. Ele olhava para o piso, casaco aberto, chapéu amassado contra a testa, enquanto os soldados ao seu redor mantinham uma pose triunfal.

A mesma voz à sua frente: "Ótimo. Mais uma. Não se mexam!".

Clique, clarão.

Os soldados relaxaram os rifles, o fotógrafo desmontou o tripé, a patrulha marchou para dentro da neblina que ainda escondia as fachadas da Piaţa Libertăţii.

Os olhos de Zalman se arregalaram. Seu coração pairou nos ares.

Ele estivera pronto, pronto para morrer em nome do Senhor.

*

Alguns meses depois, Zalman Stern casou-se com Hannah Leah Shaïovits e aqueles sonhos cheios de culpa jamais retornaram. Emitindo sua semente conforme o ordenado, Zalman gerou sua primeira filha, a quem deu o nome de Eydell Atara — Eydell em memória da mãe de sua mãe, Atara pelas coroas que viu na manhã em que sua vida foi poupada.

A história da fotografia era a única que Zalman contaria a seus filhos, para explicar os infotografáveis cinco anos seguintes.

Maramureş, Transilvânia

Cem quilômetros a leste de Szatmár, na manhã em que a vida de Zalman foi poupada, Josef Lichtenstein, de cinco anos, estava sentado no banco da cozinha observando sua mãe amarrar uma fita no cabelo da irmã menor. Tentava acompanhar os dedos dela, enquanto eles dobravam a fita por baixo, por cima, seguravam um cacho, mas não conseguia entender como aquela tira de pano desabrochava num laço quádruplo sobre a cabeça da pequena Pérele.

Um galho raspou na vidraça, o caixilho da janela entreaberta deu uma leve batida, uma folha — com formato de chama e vermelha do outono — rodopiou para dentro da cozinha. Josef desceu do banco e se contorceu atrás da folha.

No seu cadeirão de criança, Pérele curvou-se para o lado, esticando o braço para tentar alcançar Josef.

"Yóssele, por que você não brinca com a sua irmã na saleta enquanto eu preparo o café?"

Mame ergueu Pérele, tirando-a do cadeirão. Ele pegou a irmãzinha pela mão.

"Deixe a porta aberta para eu ver vocês."

Sentado de pernas cruzadas no assoalho da saleta, Josef levantou a tampa de uma caixa de papelão e segurou uma letra hebraica esculpida em madeira. "Olha, Pérele, *la-med, laaaaaamed.*"

Ela tentou pegar a letra. "La! La!" Caiu para trás, levantou de volta e, arrulhando como um pardal, saiu cambaleando pelo corredor.

Josef correu para fechar a porta da sala de jantar, por causa da toalha de mesa, com as pontas penduradas. Pérele já tinha puxado-as para baixo duas vezes. "A mame disse que você não pode!"

A maçaneta não foi suficiente. Ela abriu a porta, foi em direção à mesa e despencou no tapete.

"Yóssele, Pérele! Leite, enroladinho de nozes!", mame chamou da cozinha.

Abaixando-se para ajudar a irmã, Josef viu uma letra de madeira que julgara perdida. Enfiou-se debaixo da mesa e agarrou uma perna da letra. "*Beit*! Olha, Pérele" — e pôs as duas letras sobre o tapete — "*lamed, beit*".

"La!", gritou ela.

"O tate diz que o *lamed* é a última letra da Torá, *beit* é a *primeira* letra, e juntos formam a palavra... traga a letra de volta, Pérele!"

Levantando num salto atrás da irmãzinha, Josef bateu a cabeça na borda da mesa. Caiu de costas debaixo da mesa, segurou a respiração, lembrando-se que um menino de cinco anos já tinha idade suficiente para não chorar.

"Yóssele! Pérele!", a mãe voltou a chamar.

Passos pesados. Não é a mame. Nem o tate. Nem Florina.

Cheiro de porco e lodo. Lama no tapete.

Uns sapatos gastos a poucos centímetros do seu nariz.

Um dos dentes do forcado perfurou a bochecha de Pérele, o outro abriu seu peito. O xadrez verde e rosa do vestido dela ficou vermelho. Gritos vieram do quintal. Os sapatos pisaram em direção à janela, salpicando lama. Um pigarrear rouco, uma bola de catarro sobre a soleira. Os sapatos saíram da sala, precipitadamente.

Os gritos no quintal se intensificaram. Cessaram.

Os passos pesados, canelas peludas.

Os sapatos da mame pendendo do cinto que um dia segurara calças surradas.

O forcado estava encostado na mesa, os dentes brilhando vermelhos. Uma gaveta bateu. Todas as gavetas bateram. Unhas imundas agarraram o pé de uma cadeira, que sumiu de vista. O aparador foi arrastado. O forcado ficou apoiado na parede. A mesa pairava centímetros acima da cabeça de Josef.

Um grunhido, a mesa tombou; foi erguida e tombou, três vezes. Um palavrão. Josef reconheceu a voz do homem: Octavian, o ferreiro, que usava uma braçadeira e vivia se gabando de ter entrado para a Guarda de Ferro romena.

O forcado balançou e foi embora.

Josef esperou o suave gorjeio da irmã. Agarrou a letra de madeira restante e não se mexeu. O vestido dela foi ficando mais escuro.

Era noite, depois dia. Um cacho dourado escapou do invólucro marrom, endurecido, que agora revestia Pérele.

O canto dos ceifeiros saindo para os campos.

Uma leve pancadinha, sapatos pretos empoeirados, homens da Sociedade Funerária Judaica pisando no tapete, removendo Pérele, delicadamente.

O canto dos ceifeiros voltando dos campos.

Florina esfregando o tapete de joelhos, o que significava que mame ali estaria para pagar seu ordenado semanal.

A escova estava a centímetros dos pés de Josef quando Florina ergueu os olhos. Viu-o sob a mesa, vivo. Seu queixo caiu. Ela fez o sinal da cruz.

O grosso ferrolho deslizou, a janela se fechou com um baque. Florina pegou Josef nos braços.

Retirou seu solidéu de veludo. Cortou-lhe os cachos. Embrulhou-o no acolchoado da mãe e o carregou até a carroça. Tirou uma trouxa de roupa do banco do cocheiro, depositou-a no chão e o colocou sobre o banco, achegando-se a ele.

O som das rajadas de vento atravessando as folhas encobriu o trote do cavalo e as ave-marias de Florina durante toda a noite.

Florina conhecia o menino desde antes de ele nascer. Tomara conta dele no quintal dos pais; deitado sobre um cobertor macio, ela enfiara o nariz atrás de suas orelhas para sentir o cheiro da sua pele limpa e boas roupas. Olhara dentro dos seus olhos, verdes e espinhosos em cima, cinzentos e aveludados na parte de baixo — olhos de urtiga, ela os chamava.

Quando o menino tinha três anos, o pai raspou seu cabelo dourado, deixando os dois cachos demoníacos dos lados. Ainda assim, ela fantasiava batizar o garoto, no lugar onde o rio fazia a curva em volta dos salgueiros.

O sol estava alto no céu quando Florina virou-se para Josef. "Seu nome é Anghel. Seu pai partiu para a frente de batalha em Odessa antes de você nascer. Você é meu filho."

O menino olhou a criada, o lenço florido, o reluzente medalhão do arcanjo Miguel matando o judeu-dragão, que ela lhe mostrara em segredo, mas que agora usava sobre a blusa. Suas mãos se ergueram para tocar o lugar onde os cachos costumavam estar. Nunca mais mame os enrolaria, orgulhosamente, enquanto ele recitava suas preces noturnas.

A noite caíra pela terceira vez quando eles pararam diante de um portão de madeira.

"A fazenda da minha mãe", disse Florina.

Um camponês levantou um lampião iluminando o leito da carroça atulhado de mobília. Soltou uma risadinha abafada.

"Eles nos roubaram por bastante tempo", Florina disse.

O homem aproximou seu maxilar hirsuto da face de Florina. "Você viu, no caminho para cá?"

Florina se benzeu. "A terra estava inchada... cheia de crostas... ouvimos gemidos e..."

"*Prostie!* Que estupidez! Deviam se certificar de que eles estavam mortos, deviam deixar os corpos esfriar." Mais uma vez, a mão calejada ergueu o lampião acima da carroça. "Você não teve medo?"

"Fiquei petrificada. As árvores nos perseguiam..."

"Quero dizer, de trabalhar para eles. Não sabe que os judeus vendem mulheres cristãs?"

Florina riu. "Não aqueles para quem eu trabalhei."

Um resmungo contrariado dele. "Não pensei que você fosse voltar."

Silêncio.

"Me ajude com o meu garoto", disse Florina. "Ele está dormindo."

"Seu *o quê*?"

"Shshshsh!"

"Você casou!"

"Tive que casar."

"O pai dele..."

"Está morto", disse Josef.

Carregando o menino para a cozinha, Florina olhou por cima do ombro e então sussurrou no seu ouvido: "Nunca tire as calças na frente de ninguém. Nunca".

O menino olhou o broche da mãe, preso no avental de Florina.

"A mame está morta", ele disse.

"Shshshsh!"

Florina tirou uma saia. Ela nunca se despia inteiramente, e tampouco tinha uma camisola branca, nem um acolchoado azul-claro para cobrir a cama. Não lia na cama, não sabia ler. Tirou o lenço preto que usava desde que passara a chamá-lo de Anghel, meu filho, marido morto, frente de Odessa. A cama afundou quando ela se sentou. Ele rolou na direção dela com a suave inclinação e parou apoiado nas suas largas costas. Seus pés se aninharam entre as pernas dela.

Na cama com dossel instalada na cozinha, Florina e o menino se enrolaram para passar a noite. Sob o acolchoado no qual ele ainda sentia o cheiro do sono da mãe, Florina o ninou: "*Vivo, vivo, mame quer o Anghel vivo...*".

Florina e o menino atravessavam o caminho pelo campo de espadanas enquanto os sinos ressoavam. Ela olhou por cima do ombro e parou.

"Você vai sentar quando eu sento, levantar quando eu levanto, e quando o padre puser a bolacha na sua língua você vai pedir a Cristo que o perdoe. Logo vamos até o rio e você não vai mais precisar ser judeu." Ela sorriu. "Depois de ser batizado, você também vai subir aos Céus."

"No Céu vou ver a mame..."

"Shshshshsh!"

Eles caminharam, em silêncio, pelo mato alto.

Todo domingo, o padre barbudo marchava na frente dos bancos da igreja sacudindo um incensador que soltava, a cada balanço, uma pungente nuvem de mirra. Atrás da nuvem, as mangas negras da batina se inflavam como asas fazendo esforço para se abrir, as paredes intumescidas de luz, os olhos dos ícones eram abelhas, *Nesta jubilosa liturgia eucarística, em felicidade ressurreta, neste pão, neste vinho... faz-me arder de anseio, ó Cristo!*

Anghel recebia o sangue e o corpo de Jesus, e Deus chorava lágrimas de ouro. Ele aprendeu que os judeus eram responsáveis por aquilo que se abatera sobre eles, porque os judeus haviam se recusado a ver a luz.

Inverno. Primavera.

Depois que Florina fora ordenhar as vacas, Anghel saiu com a manta. Colheu margaridas, anêmonas, campainhas, copos-de-leite. Como vira Florina fazer, dispôs o buquê na base do oratório atrás da horta.

"Pérele", sussurrou, fitando os fios de líquido marrom-avermelhado nos pés esqueléticos de Jesus. Os joelhos nodosos e as coxas descarnadas eram inteiramente diferentes dos membros fofos da sua irmã, mas as palmas pregadas certamente lembravam Pérele com o dente do forcado enfiado na face. Ele envolveu os tornozelos finos e os pregos enferrujados com uma ponta da manta, e se enrolou na outra ponta.

"Hay li lu li la", cantarolou baixinho.

Os primeiros raios quentes roçavam a crista da serra quando Florina ergueu o acolchoado com o menino adormecido. Ela os levou até a cozinha. Sorriu quando sua mão grossa esfregou *tuica* quente no peito de Anghel, mas o menino teve o cuidado de não retribuir o sorriso abertamente. Se sua covinha aparecesse, Florina poderia pensar que ele estava tentando enfeitiçá-la, poderia apalpar sua testa para sondar se seus chifres de judeu tinham crescido, poderia se perguntar se ele não estaria, na verdade, roubando o que ela lhe dava.

Verão. Foi erigida uma cerca atrás do santuário, ao longo da trilha beirando o pasto. Deste lado da cerca era a Romênia; do lado de lá era a Hungria. Deste lado da cerca, os homens começaram a usar a braçadeira da Legião do Arcanjo Miguel, a Guarda de Ferro.

Inverno. Anghel aprendeu a atrelar os bois ao arado. Descobriu que gostava de conduzi-los ao campo, de sentir suas ancas mornas, percebeu que eles falavam em lamentos surdos. Mas jamais partilhou seu almoço com os lavradores. Em vez disso, ia para o seu esconderijo na ribanceira, onde se sentava e observava as folhas caindo juntas e pousando separadas.

*

Então veio a primavera de novo e talvez eles fossem borboletas, as brancas voejando entre os vagões de carga fechados, talvez não fossem dedos implorando por água, e seu nome era Anghel, cujo pai morrera em Odessa, cuja mãe era Florina que apertava o medalhão contra a testa dele toda manhã e o orientava: "Você não vai ser o primeiro da classe. Se você entender, não demonstre. Não responda às perguntas do professor".

*

Os cães latiram antes de o galo cantar. Anghel se levantou da cama e espiou pela janela da cozinha. Viu três silhuetas surgindo da névoa sobre o rio. Fez os cachorros se calarem.

Depois que Florina se foi com o rastelo e o carrinho de mão, ele saiu para a choupana no pasto — aonde mais poderiam ter ido os fugitivos sem alertar os cães da vizinhança? Deu um passo e parou no solo encharcado para evitar o chapinhar. Agachou-se junto à parede da choupana e pôs o olho numa fresta entre duas tábuas.

Um homem, uma mulher, uma menina pequena.

O homem segurava um cubo preto contra a testa. Seus lábios se moviam enquanto ele balançava para a frente e para trás. A mulher estava sentada no chão, as costas contra a parede. Estava amarrando uma fita azul no cabelo da menina. Ela levantou a cabeça ao som do trem que se aproximava. O trem desacelerou ao chegar perto da curva, chiou e voltou a ganhar velocidade. As mãos da mulher cobriram sua face. O homem sussurrou numa língua que Anghel não sabia que ainda lembrava. A mulher suspirou. A menininha adormeceu no colo da mãe.

Outro trem se aproximou, diminuiu a marcha, parou.

O homem e a mulher trocaram um olhar assustado. O tronco do homem balançou mais depressa, para a frente e para trás. Seus lábios voltaram a se mover.

Uma das mãos pressionando a parte inferior das costas, a outra apoiada na parede, a mulher fez um esforço para se levantar. Estava grávida, muito grávida. Espiou para fora da janela da choupana. "É ele, o Rebbe, rápido!" O rosto da mulher se iluminou.

O homem ergueu as sobrancelhas, assombrado. Ele segurou a menininha quando a porta da cabana se escancarou.

A mulher correu para o trem, com as portas totalmente abertas e pessoas se remexendo no interior.

"Rebbe!", a mulher gritou para um judeu sentado em uma das aberturas, lendo um livro.

Um tiro. A mão da mulher tocou o peito, a mancha que se espalhava. Ela cambaleou.

O homem saiu correndo da cabana, o cubo preto na testa.

Cavalos relinchando, cascos batendo contra o chão, guardas húngaros derrubando a cerca, cruzando o rio Nadăş.

A menininha parada na porta da choupana.

A mão de Anghel desceu e tapou sua boca. O choro abafado dela sob a palma da sua mão, "Mame!", enquanto ele a puxava para trás da cabana, a deitava no chão dizendo que não se mexesse, que sua mãe queria que ela vivesse.

O trem foi embora.

Quando a noite caiu, Anghel e a menininha atravessaram a cerca derrubada.

Camponeses das aldeias vizinhas estavam desmontando as barracas do mercado e carregando as carroças. Um camponês contava, vezes e vezes repetidas, como os milicianos haviam açoitado o judeu fugitivo, como o judeu tinha soltado um grito impressionante. Uma garrafa passava de mão em mão. Havia arrotos e ovações, pela terra que em breve estaria limpa dos judeus.

Na praça do mercado, o pai da menina estava amarrado a um poste. Os ombros dobrados para a frente, a cabeça caída. O suor que escorria formava pontas em sua barba e nos seus cachos laterais. Os braços, coxas, canelas estavam esfolados — era impossível olhar; era impossível não olhar, para onde as pernas se juntavam, a carne rasgada de onde jorrava sangue através de crostas já secas.

Três homens de uniforme da Cruz Flechada montavam guarda, as botas negras pisoteando a sujeira de serragem banhada de sangue.

No canto onde estavam escondidos, Anghel e a menininha ouviam o gemido: "*Wasser...*", água...

A menina correu para o poço da aldeia, com as mãos em concha.

Anghel a puxou de volta, apertando a face dela contra o seu peito.

"Tate...", ela balbuciava enquanto a água escorria por entre seus dedos.

Depois que o último miliciano desapareceu dentro da taverna, as duas crianças atravessaram a praça. A menina estendeu as mãos em concha para os lábios do pai: "Tate...".

A figura dobrada gemeu, lambeu a água de seus dedos. Saía sangue da boca do homem. E as palavras: "*Mi-la*, seu nome agora é *Mila*. Vá até Zalman Stern...".

Outra golfada de sangue e palavras: "Com os meus, cuide, cuide para que Gershon Heller seja enterrado com os seus".

"Vou cuidar", o menino sussurrou, e sua mão apertou a boca da menina contra seu peito, contra a camisa de linho cru, para que seu pranto não fosse ouvido.

A porta da taverna se abriu. Anghel puxou a garota, deixando para trás o chicote e a ferida. Levou-a até seu esconderijo na ribanceira, onde ouviram Florina chamar pelos campos:

"Anghel! Anghel!" E mais uma vez: "Anghel! Anghel!".

Quando todas as luzes da aldeia se apagaram, as duas crianças voltaram à praça do mercado. O corpo fora desamarrado do poste; jazia sobre a caçamba de um carrinho de mão. O garoto pegou o carrinho e puxou. Do outro lado, curvada contra a borda, a menina empurrava.

Sob os choupos no sopé da ladeira do prado, o garoto afofou a terra com a pá. A menininha cavou a terra com as próprias mãos. Juntos, puxaram e empurraram o corpo para dentro da cova rasa. O menino despejou terra sobre ele; a menina ajudou. Quando terminaram, o menino disse: "Mais tarde vou cuidar para que ele seja enterrado no cemitério judaico".

A menina assentiu. E então: "O tate disse que se alguma coisa acontecesse eu deveria ir até Zalman Stern, em Nagyszeben. O trem diz Sibiu, mas é a mesma coisa que Nagyszeben. Se eu não conseguir subir no trem, é para eu ir para longe da fronteira. O tate disse que era para eu fugir imediatamente".

"Eu ajudo você a subir. Não tenha medo, todos os trens andam devagar na curva. Eu vou subir ali. Você espera aqui. Quando eu chegar perto, agarre a minha mão. Não tenha medo. Eu puxo você depressa. Fique só olhando a minha mão. Se o condutor vier, diga que perdeu a passagem. Não, diga que os seus pais estão no outro vagão. Fale em húngaro e não na língua dos judeus. Você vai saber a hora de descer quando o condutor gritar 'Sibiu!'."

O garoto espanou a terra do casaco. Amarrou a fita no cabelo dela.

"Mila", ela disse, apontando para o próprio peito.

"Anghel", ele disse, apontando para si.

"Onde está a sua mãe?", Mila perguntou.

"Florina..."

"Sua mãe, onde ela está?"

"Mame está morta. Tate está morto. Pérele está morta."

"*Sheifeleh*..." A mão de Mila afagou o rosto de Anghel, e ele se lembrou que aquilo significava carneirinho.

Sibiu, Transilvânia Meridional

As crianças Stern não deviam abrir a porta da frente, então, quando Atara, de quatro anos, ouviu as batidas, correu para sua mãe na cozinha.

Havia uma garotinha parada na porta, o casaco rasgado, uma fita suja no cabelo.

Hannah olhou a criança com os olhos semicerrados. "Mila Heller? A filha de Gershon e Rachel?" Hannah tomou a menina nos braços. "Zalman! Venha depressa!"

A pequena menina desabou.

Hannah contaria tantas vezes a história daquela batida na porta — abençoado seja o Senhor, que cuidou da pequena menina, ou então, de que outra forma uma criança tão pequena encontraria o trem certo, e como encontrou o caminho da estação até a casa deles? Hannah contaria tantas vezes como lavara a terra do cabelo de Mila, como esfregara a densa sujeira debaixo de suas unhas, que os filhos de Hannah nascidos anos depois pensavam se lembrar dela aos cinco anos, parada na soleira da porta.

Hannah contava também sobre o silêncio de Mila. "O que aconteceu aos seus pais, criança?"

Durante todo o verão, ela não falou. Mas chorava à noite na cama que dividia com Atara, e Atara segurava sua mão.

Na véspera do Dia do Perdão, Hannah girou um galo sobre as cabeças dos meninos, três vezes, depois girou uma galinha sobre as cabeças das meninas, três vezes. Depositou no chão a ave cacarejante. "Coloque o pé em cima do pescoço dela", Hannah orientou Mila.

Mila sacudiu a cabeça, não.

"Com certeza você se lembra disso da sua casa", disse Hannah. "Não precisa apertar. Basta encostar o pé contra a cabeça dela e repetir o que eu digo: *Você para a morte e eu para vida... faça*". E então, gentilmente: "Não precisa dizer em voz alta, criança, mas pense para si mesma".

Lágrimas encheram os olhos de Mila.

Atara gritou: "Por que a galinha precisa morrer?".

"Para que as crianças não morram." Mais uma vez, Hannah baixou a ave até o chão.

Olhando para o olho faiscante da galinha, Mila esticou uma perna trêmula.

Hannah a orientou: "Você para a morte...".

Mila puxou a perna de volta.

"Por que, por que a galinha precisa morrer?", insistiu Atara.

"Para nós não morrermos pelos nossos pecados. A galinha é a nossa *kapures*. Ela morrerá em nosso lugar."

Atara franziu a testa: "Mas nós não esvaziamos os nossos pecados no rio?".

Hannah suspirou, pôs a ave de volta na gaiola. Com seu avental, enxugou as lágrimas de Mila e as próprias.

Nessa noite, enquanto Atara segurava a respiração no escuro, ainda surpresa pela proximidade da menina órfã com quem ela partilhava sua cama, Mila falou: "Atara é um nome bonito".

Mila falara; ela falara com Atara.

Daí em diante, elas se falavam toda noite. Durante o dia, Mila permanecia em silêncio, mas as duas meninas conversavam no escuro. Atara ficou sabendo do irmão de Mila que não tinha nascido, da mãe dela correndo em direção ao vagão aberto, chamando "*Rebbe*!".

Mais tarde, ficou sabendo que Mila decidira que tinha permissão de amar Hannah.

Uma noite, Atara estava semiadormecida quando Mila perguntou: "*Você* acredita em mim quando eu conto da minha mãe correndo para salvar o Rebbe?".

Atara ficou em silêncio. Quando Mila não estava por perto, Zalman dissera que a mãe dela não podia ter visto o Rebbe. As portas dos vagões não ficavam abertas, não quando eles estavam cheios de judeus, não na primavera de 44, não na Hungria, dissera Zalman.

"*Você*, Atara, você acredita em mim?", insistiu Mila.

"Eu... quem sabe não devemos rezar, agora, pela vinda do Messias?" Ela gostava de rezar com Mila. Conseguia perceber que, nas orações dela, a vinda do Messias não era a glória do Templo reconstruído, e sim uma cozinha com a sua mãe ali dentro, era a hora de dormir com a história que o pai dela não terminara de lhe contar.

*

Quatro meses após a chegada de Mila à casa dos Stern, forças soviéticas e romenas recapturaram sua cidade natal. Assim que os judeus puderam novamente viajar, Zalman se pôs a marcar os locais de remanescentes judeus. Queria que os ossos não fossem perturbados, especialmente o pequeno osso que ligava o pescoço à espinha, o primeiro a sentir o Orvalho da Ressurreição quando as Trombetas anunciassem o Fim dos Dias.

No estarrecedor vazio que encontrou ao atravessar o norte da Transilvânia, Zalman orou: *Querido Senhor, mostra-me por que Tu me poupaste, mostra-me com que fim Tu poupaste Hannah e os nossos filhos, e a pequena menina, Blímele — filha de Gershon e Rachel Heller.*

Zalman tivera intenção de ficar na congregação do Rebbe, em Szatmár, após seu casamento, mas seus pais haviam insistido que ele voltasse para casa em Sibiu, ao sul da nova fronteira, quando a Transilvânia foi dividida entre a Hungria e a Romênia, em agosto de 1940. Ao contrário de seus colegas de yeshiva em Szatmár, Zalman e sua comunidade em Sibiu não foram deportados.

*

Anghel observou o judeu parado na margem congelada.

O judeu jogou uma rede no rio desajeitadamente:

"Sanhedrin 97b. Também, 98a... Os mortos se erguerão nus ou vestidos?"

"E quanto a Isaías 26,19? E Ezequiel 37,12-14?"

Estendeu os braços; curvou-se, esticou-se e puxou a corda coberta de algas penduradas. Arrastou a rede com os corpos, as duas irmãs que haviam regressado da deportação e foram afogadas pelos vizinhos. Deitou um corpo sobre a carreta, depois o segundo. A aba da rede, carregada de chumbos, serpenteou entre os juncos quebrados. Ele segurou-se na borda da carreta. A ferradura do cavalo golpeou a terra congelada.

Escondido no matagal, Anghel seguiu o judeu que ia atrás da carroça ao longo do rio Nadăş. O judeu continuava a discutir consigo mesmo:

"Mas, Zalman, e aqueles que nunca foram para o túmulo, cujos ossos são lambidos por lobos?"

"Eles não viverão novamente."

"E o que diz em Ketubot 35b?"

"Ah, sobre isso os nossos rabis *não* são unânimes."

Anghel esgueirou-se pelos arbustos até chegar ao caminho às margens do rio. Postou-se diante de Zalman e apontou para a fileira de álamos. "Ali. Outro judeu morto."

O olhar de Zalman acompanhou o dedo do menino apontando para torrões de solo endurecido.

"Sim, ali", insistiu o garoto.

"Como posso confiar que este aqui é um judeu?", indagou Zalman.

O garoto apontou para o casaco preto de Zalman.

"Qualquer um pode vestir um casaco preto", disse Zalman.

O garoto franziu o cenho.

"Quer dizer, quem exceto um judeu *quer* botar um casaco desses?"

O garoto bateu na própria testa. "Ele usava um cubo preto."

"*Tefilin!*"

"'Com os meus', ele disse. *'Cuide disso, cuide para que Gershon Heller seja enterrado com os seus.'*"

Zalman pareceu atônito. "Gershon Heller? Heller de Cluj?"

O garoto deu de ombros. Apontou para o outro lado do rio. "Eles vieram de lá, mas a mulher correu para o trem."

"*Para* o trem?"
"Ela reconheceu alguém."
"Quando?"
"Na primavera passada."
"Num vagão de carga?..."
"As portas estavam abertas."
"Como é possível?"
Mais uma vez, o garoto deu de ombros.
Zalman olhou para o monte de terra revolvida. "Se este aqui é um judeu..." Olhou para o menino da fazenda. "Este judeu realmente disse '*Cuide para que Gershon Heller seja enterrado com os seus*'? Ele *disse* isso? A menos que seja solicitado especificamente, é um pecado terrível exumar um corpo."

"*Com os meus. Cuide disso, cuide para que Gershon Heller seja enterrado com os seus.*"

Zalman pegou a pá da carreta e começou a cavar. Mais uma vez, discutia consigo mesmo. É claro que Gershon Heller pediu aquilo, ele havia de querer ser enterrado numa área próxima do soar das Trombetas. "Quando os mortos se levantarem, os mortos em solo judeu... É nobre, o que você está fazendo..." Zalman ergueu a cabeça. "Qual é o seu nome?"

O garoto desaparecera.

Novamente as ferraduras do cavalo golpearam a terra; as rodas voltaram a percorrer a trilha para o cemitério judaico.

Junto à sepultura aberta, Zalman rasgou o casaco do lado direito, pois já estava rasgado do lado próximo ao coração. *El maleh rachamim, Deus cheio de misericórdia*, ele entoou.

No bosque de bétulas com vista para o cemitério, Anghel observou a silhueta curvada do judeu através dos flocos de neve que caíam, depois correu para seu recanto, onde a sensação de aperto o fazia sentir-se mais seguro. Ali, onde as memórias não eram proibidas, o menino se encolheu todo e escutou a pá do judeu e o seu cântico.

Mais ao longe da neve que caía, uma nuvem, uma nuvem branca adamascada, subindo... a mão de sua mãe estendida para ele. "*Mein kleiner Yiddeleh!*" (Meu pequeno judeuzinho!) Recatado, o menino se contorce e se solta, mas a nuvem se afasta e sua mãe o toma para si e o aperta contra o coração. "*Mein sheiner Yiddeleh!*" (Meu lindo judeuzinho!)

A nuvem se fecha. Outra memória, mais longe que a neve caindo, outra nuvem adamascada... o joelho fofo da sua irmãzinha, a meia rendada com as bordas amarrotadas, o miúdo sapatinho preto envernizado... os passos pesados... nem mame nem tate nem Florina. Os dentes enferrujados do forcado reluzindo vermelhos...

Um galho estalou no bosque. Um lavrador à espreita, o bafo recendendo a *tuica* barata? O corpo de um judeu não podia conter seu sangue. O garoto se encolheu ainda mais, curvou-se para a frente, o nariz quase tocando a folhagem podre sob a neve.

"Anghel! Anghel!" Florina chamou do outro lado da ribanceira, a voz abafada pelos flocos que caíam.

Anghel levantou-se, subiu o pequeno monte rumo à fazenda, onde Florina já acendera a lâmpada da cozinha.

*

Zalman voltou para casa e contou a Mila que enterrara o pai dela apropriadamente, de modo que sua jornada seria menos difícil no Fim dos Dias. Ela recebeu a notícia em silêncio, e então proferiu as primeiras palavras que falou em voz alta para Zalman.

"O menino da fazenda é judeu. O pai dele está morto. A mãe dele está morta. Pérele está morta."

"Que o Senhor tenha misericórdia! O que você está dizendo? Qual é o nome do menino?"

"Anghel."

"Que tipo de nome é esse, Anghel?"

Ordenado rabino aos dezoito anos, Zalman era capaz de solucionar intrincados pontos da lei religiosa. Podia se pronunciar sobre casos agonizantes — no caso das mulheres cujos maridos não regressaram dos campos, não havendo testemunhas da morte deles, elas podiam voltar a se casar?

Homens, também, vinham em prantos: "Reb Zalman, minha mulher foi levada prisioneira... foi forçada, ai de mim, foi forçada...".

"Você é *cohen*? Um judeu de descendência sacerdotal é proibido de ficar com sua esposa mesmo que ela tenha resistido."

"Não, não! Eu não sou *cohen*!"

"E ela resistiu?"

"Os gritos dela, Reb Zalman..."

"Sua mulher resistiu e houve testemunhas; não há nenhuma dúvida: ela lhe é permitida."

Zalman podia determinar quem era proibida, quem era permitida; quem podia voltar a se casar, quem precisava esperar mais tempo; mas quando surgiu a afirmação de Mila de que o menino da fazenda era judeu, Zalman buscou a orientação do Rebbe.

*

De vez em quando o judeu vinha. Ficava parado junto à sepultura do pai da menininha, entoando cânticos. Anghel virava sua cabeça na direção do canto. As rédeas amoleciam, os bois paravam.

O judeu olhava para o largo campo, para o arado imóvel.

O garoto sacudia as rédeas.

Os bois começavam a andar, os torrões iam sendo arrancados sem parar, fazendo mais um sulco na terra. Subia um vapor do pelo dos animais, mais denso que o nevoeiro que em breve envolveria os bois, o arado e o menino.

*

Zalman examinou o carimbo, as letras maiúsculas em negrito: CORREIO DOS ESTADOS UNIDOS. O polegar esfregou as asas vigorosas do avião. Introduziu o cortador na dobra do envelope e retirou o fino papel de carta.

Por Sua eterna misericórdia, o Rebbe em breve estará a salvo na América.

"América?"

Zalman lembrava-se das duras advertências do Rebbe: "Não deixem a Romênia, a Hungria, a Polônia. Não abandonem terras onde nossas tradições sobreviveram, onde nossas yeshivas floresceram; não abandonem as terras da Torá pela *treifeneh medineh*, pelo antro americano da novidade e da assimilação".

O Rebbe sabe melhor, Zalman obrigou-se a lembrar. E seguiu lendo.

Gershon Heller, que repouse em paz, morreu como mártir na praça do mercado de... os restos que você enterrou devem ser dele. O Senhor o recompensará com a vida eterna...

Quanto ao menino, o Rebbe insiste: crianças escondidas de lares tementes a Deus devem ser devolvidas ao nosso povo. Faça o máximo para traçar sua linhagem... se o menino é judeu, recupere-o e devolva-o para o seu povo.

✳

Os longos dias de colheita vieram, quando a aveia sussurra diante da lâmina. Como em suas viagens anteriores, o judeu foi rezar junto aos túmulos. Anghel o observou de longe, mas desta vez ele não foi embora ao terminar as preces; caminhou rapidamente campo adentro. "Olá! Olá!", ele chamou, segurando a larga aba preta do chapéu.

O grito ondulou pelos campos de aveia.

Os lavradores interromperam seus golpes de foice.

"Olá! Olá!"

Florina, de tamancos, desceu correndo o aterro. Pôs uma mão sobre o ombro de Anghel, puxando-o de volta para dentro da relva alta. Os caules se fecharam em torno da mulher e do menino.

Os cães rosnaram quando a carroça parou junto ao portão e pularam a cerca quando Zalman desembarcou. Ele subiu de volta às pressas. Uma mulher atravessou o pátio, mas não aquietou os cães. Zalman ergueu as rédeas, o cavalo trotou pela estrada, atravessando a fronteira desmantelada.

No banco do cocheiro, Zalman inquiria no velho tom melódico de uma indagação talmúdica: "Se é permitido confiar uma criança a não crentes quando ninguém sabe se ela será reclamada. Se a criança não for escondida, seguramente morrerá, determinou rabi Oshri. Além disso, os pais poderão sobreviver e reclamá-la, ou os não crentes poderão devolvê-la a uma instituição judaica...".

"E se, Deus nos livre, a criança acabar vivendo como gentia?"

Zalman puxou as rédeas e virou a carroça. Mais uma vez, parou diante do portão da fazenda.

Eretos sobre as patas traseiras, os cães alargavam seus círculos, recuando para avançar melhor. Zalman recolheu-se ao banco do cocheiro, o guarda-chuva empunhado, mas manteve o equilíbrio e a carroça não se moveu.

"Cesar! Dracul!", uma voz fina por fim chamou.

Os cães recuaram para o pátio com seus rosnados.

De trás de um fardo de feno, Anghel observava.

O judeu parou à sombra da tília. "Doamna Florina?", chamou. "Doamna Florina!"

Ele espiou no celeiro de feno; espiou no estábulo onde a ponta do lenço preto de Florina esvoaçava entre seus ombros. "Doamna Florina? Eu vim..." as mãos do judeu se abriam e fechavam como se estivessem dialogando entre si; ele as pressionou contra o peito. "Posso perguntar onde a senhora se casou?"

Florina tirou uma braçadeira manchada de uma dobra em sua saia preta. Enfiou o emblema da Guarda de Ferro debaixo do nariz do judeu. "Meu marido, o que sobrou dele."

O judeu recuou. "Ah... seu marido faleceu? Sinto muito, Doamna Florina, o que estou buscando deve estar em outro lugar. Tenha um bom dia."

E trepou de volta na carroça.

O cantarolar talmúdico fez companhia a Zalman enquanto ele se dirigia para a prefeitura. "A pergunta é esta: Deve um judeu escondido arrepender-se de sufocar um bebê que chora se isto foi feito para proteger outras vidas? Rabi Shimon Efrata disse — Se uma pessoa escolhe morrer em vez de tirar vidas, esta pessoa deverá ser chamada de santa. No entanto, aquele que sufoca um bebê chorando para evitar ser descoberto e salva vidas judias não deve ter peso na consciência, que o Todo-poderoso..."

*

Anghel atravessou o pasto dos cavalos e escalou o monte com vista para o rio. Os pés balançavam enquanto ele tentava alcançar uma anêmona silvestre. Com a haste entre os lábios, recostou-se. O olhar vagou com uma nuvem e ele pensou em Florina, que chamava a cor de seus olhos de urtiga, verdes e espinhosos em cima, cinzentos e aveludados na parte de baixo...

Um disco negro tapou o céu; o disco chegou mais perto, falou.

"Você é judeu, *yingaleh*?"

Anghel puxou os joelhos para junto do peito, levantou-se de um salto, escalou a ribanceira, desapareceu atrás de um cume.

"Ahá", Zalman exclamou, "um garoto romeno, de quem se desconfia ser judeu, teria cuspido, xingado, atacado com seu forcado."

"Ele está aqui!" Anghel arquejava.

As costas de Florina se enrijeceram. Seus olhos se reduziram a uma fenda.

O lábio inferior do menino tremia. "Eu não disse nada!"

Uma lágrima se formou nas pálpebras do menino e ele confessou que dois invernos atrás ele tinha abordado o judeu.

Os cães latiram. Um estalo da mão de Florina, o menino desapareceu.

Florina conduziu os bois até o estábulo. Derramou um balde de água sobre o chão do celeiro. Com os pelos eriçados, os cães esticavam as correntes quando Zalman atravessou o pátio, tendo a cautela de manter distância dele. Florina verteu um segundo balde. Um terceiro. A cabeça e a barba de Zalman preencheram a pequena abertura na grossa parede de barro. "O chão ainda não está limpo?" Quando a escova se ergueu novamente, ele disse: "Doamna Florina, para quem disse que trabalhava, em Vişeu de Sus?"

Zalman havia determinado que Florina trabalhara para os Lichtenstein, que legionários da Guarda de Ferro assassinaram a família em 1939, que a Sociedade Funerária Judaica sepultou os pais e uma menininha, mas que o corpo do filho de cinco anos jamais foi recuperado.

"O menino", sussurrou Zalman, "o que aconteceu com Josef, o menino Lichtenstein?"

Por fim Florina saiu do celeiro, balde balançando do braço rígido. Zalman a seguiu até a casa da fazenda. A porta se fechou atrás dela.

Zalman bateu e entrou na cozinha. "Diga-lhe, Doamna Florina, diga a ele o que o espera quando seus vizinhos descobrirem que suas suspeitas têm fundamento."

Quando Florina não respondeu, Zalman virou-se para o menino:

"Eles matarão você por ser judeu e usurparão a herança de um fazendeiro."

Os olhos de Zalman ajustaram-se à penumbra. Viu o crucifixo sobre a cama, saiu de volta para o pátio, onde ficou andando, determinado, de um lado a outro.

Florina olhou para o lugar onde ela e o menino rezavam toda noite.

Na cozinha, com a cama de dossel, Anghel viu o amor e a impotência de Florina, que o inundaram. Eles compartilharam esse momento de perderem tudo, de já terem perdido.

Anghel deu alguns passos para fora da casa. "E Florina?", perguntou.

Zalman parou de andar. "Doamna Florina é uma gentia correta e justa. Deus a recompensará mil vezes."

"Florina é minha mãe."

"O Senhor tenha misericórdia, você esqueceu sua própria mãe, Josef, filho de Yekutiel e Judith?"

"O que vai fazer comigo?"

"Fazer com você? Você viverá como foi destinado a viver. Estudará na nova yeshiva do Rebbe na América."

"E Florina?"

"Doamna Florina terá sua parte no mundo vindouro. Neste mundo, nada lhe faltará."

"Ela não vem para a América?"

"Doamna Florina não ficará feliz aonde você vai."

O garoto hesitou. "Seu eu for com você, vou ver mame, tate, Pérele?"

"Criança... seguramente você sabe que a sua mãe e o seu pai..."

O menino tentou novamente. "Se eu for com você, não vou subir aos Céus, mas se não subir aos Céus, vou ver mame, tate e Pérele?"

Zalman passou pelo garoto. Bateu com força na porta da cozinha. "O que a senhora disse a esta criança?"

Florina, na penumbra, não ergueu os olhos. "Para ele viver, eu disse ao meu Anghel para ele viver."

"Doamna Florina, para um judeu não existe outra forma de levar a vida que não seja viver como judeu."

Mas houvera, sim, outra vida para Florina e Anghel. Por sete anos, Florina e o menino habitaram o reino onde viúvas são fiéis aos esposos que se foram — mortos para este mundo mas vivos em Cristo. Florina fora constante em sua memória do fictício marido, rejeitara as investidas de Calin e de Petru, vestira o lenço preto da viuvez, por seu filho, Anghel, durante sete anos.

Uma última noite, Florina guardou o sono do menino, então abriu a porta para a escuridão e foi ordenhar as vacas.

O garoto estava deitado, enrolado em posição fetal, sob o acolchoado, o nariz farejando as saliências e fendas macias, buscando os aromas da mãe.

Zalman estava à espera no pátio quando Florina voltou. Não entrou na cozinha com o crucifixo, mas apontou da soleira para a maleta aberta: "Ele não vai precisar dessas coisas aonde está indo".

Ela retirou os tamancos novos de madeira. Fechou com um estalo a maleta de papelão, amarrando um cordão ao redor. Achatou o acolchoado, fez dele um rolo apertado e amarrou com uma corda. Pôs o broche da primeira mãe na mão do menino.

O garoto apertou-o e abraçou o acolchoado, desaparecendo atrás dele.

Então Florina soltou o menino com olhos de urtiga, verdes em cima, cinzentos e aveludados na parte de baixo. Observou seu Anghel e o judeu indo para o portão. Parada sob o toldo baixo de zinco, esperou o filho olhar para trás por cima do ombro pela última vez.

Haviam chegado ao portão quando Zalman disse ao menino que seria melhor para Doamna Florina se ele mantivesse os olhos voltados para a frente.

Zalman estendeu o casaco sobre o leito da carroça.

O menino se encolheu entre o casaco e o acolchoado, entre a lã preta e o algodão branco, enquanto as rodas esmagavam o cascalho, rodando, rodando, para longe de Florina...

A carroça estava passando ruidosamente pelo cemitério judaico quando Zalman disse: "Sem nenhum conhecimento, você já fez uma boa ação — os restos de Gershon Heller estão em solo judaico, prontos para o Fim dos Dias. Só por isto, o Senhor recompensará você com a vida eterna". Zalman olhou para trás, para a trouxa do menino e o acolchoado. Olhou para a estrada em frente. "*Vatome-er Tsio-on*", Zalman entoou. "É assim que começa a sua *haftora*. Você estará pronto para o seu bar mitsvá, Josef, filho de Yekutiel e Judith? Bar mitsvá significa filho do mandamento; significa que em breve, quando você fizer treze anos, será um adulto aos olhos da Lei." Como se Josef tivesse respondido, Zalman entoou as cantilenas que os meninos aprendem quando se preparam para ler em voz alta a Torá na sinagoga: "*Zakef kato-on...* Deixe a sua voz se erguer, do fundo, da sua barriga! *Zakef Gadol...* Acha que eu estou inventando isso? Acha que o homem pode criar modulações tão bem-aventuradas? Não, Deus, Ele Mesmo, as ensinou a Moisés no Sinai." E para os vastos campos silenciosos, para a estrada à frente, para o menino entre o casaco e o acolchoado, Zalman trinou: "*Paze-e-e-e-er!*".

*

Na noite que Zalman partiu para reaver o garoto, Mila se revirou na cama. Sua agitação aumentou quando ele não voltou na noite seguinte. O mesmo temor insistia em despertá-la. "E se eles foram pegos?"

Atara tentou tranquilizá-la, a guerra terminara e Zalman esperava que a viagem durasse alguns dias, especialmente se, de início, o garoto não quisesse vir embora.

"O seu pai é teimoso", disse Mila. "O menino vai ter que vir." Ela não manifestou sua confusão sobre se era certo tirar o menino da nova mãe.

As duas meninas estavam debruçadas sobre o parapeito do terraço, os olhos vasculhando a estrada para Deseu, quando a carroça dobrou a esquina.

"Olha eles aí!"

Desceram as escadas correndo: Mila, Atara, Hannah e os filhos mais novos.

Hannah recebeu o menino entusiasticamente: "*Sholem aleichem!*". Ergueu o acolchoado de seus braços, perguntando com insistência se ele queria algo para beber ou comer.

As crianças Stern estavam maravilhadas com o fato de haver um menino da fazenda parado na entrada de sua casa. O enorme solidéu preto de Zalman parecia estranho no cabelo cor de mel, comprido até os ombros, do garoto. Tinha o rosto bronzeado, não como o semblante dos garotos da yeshiva, que só viviam dentro de casa. Enquanto as outras crianças o acompanhavam até a cozinha, onde Hannah terminava de lhe preparar uma refeição, Mila escapuliu. O menino não a tinha visto; ela achou melhor não acrescentar esse encontro à estranheza que já o cercava. Sentada na cama do quarto das meninas, sua face mostrava um alívio não visto nos dois anos que passara com os Stern. Levantou-se, virou-se para leste e rezou para o Messias com renovado fervor; com certeza este primeiro reencontro com Josef era um sinal do reencontro por vir, quando seus pais viveriam novamente.

Zalman empurrou o garoto para a sinagoga, para o serviço da tarde.

Mila e Atara estavam na cama quando ouviram seu canto nas escadas, e a chave na porta de entrada. Mila escutou os passos do menino e seu corpo se virava à medida que ela o seguia pela casa. "Ele reconhece tudo do tempo que era pequeno, o cheiro de sopa de galinha, o perfume das roupas de shabat engomadas. Ele ouve o plop-pof dos punhos da mãe amassando a massa da chalá. Reconhece o momento silencioso, de quando ela tira a massa grudada entre os dedos." Mila levantou da cama e pressionou o ouvido contra a porta. "Ele vai até a cozinha, mas não é a mãe dele. Não é nenhuma das mães dele."

De manhã, Zalman chamou da sala de estudo: "Hannah, Josef está acordado? Assegure-se de que ele acorde apropriadamente".

Hannah orientou o menino: *"Eu agradeço a Ti por me devolver minha alma...* Você não lavou as mãos antes de sair da cama? Como é que a sua alma vai saber que você está pronto para ela? Quando você está dormindo, sua alma sobe para perto do Criador e, sem alma, seu corpo fica impuro. Segure a concha com a mão direita, ótimo, agora passe para a esquerda. Derrame a água sobre a mão direita. Volte a concha para a outra mão; agora derrame sobre a esquerda. Agora repita comigo, *Bendito sejas Tu Adonai...*".

Hannah pôs diante do menino um copo de leite, duas fatias de pão com manteiga e duas fatias de tomate salpicado de sal. *"Bendito sejas Tu Adonai...* Agora coma, *Gutten Appetit."*

Entre o forno e a tábua de cozinha, Hannah virou as páginas do pequeno *alef-beit* de Etti.

Etti apontou o dedo gorducho para a letra preta: *"Alef!".*

"Josef, com certeza você se lembra do *alef-beit*?", Hannah disse.

O menino olhou fixamente para a fita rosa no cabelo de Etti. Empurrou a cadeira para trás, saiu da cozinha, a caminho da porta da frente.

Zalman chamou da sala de leitura: "Ele saiu antes de dizer as graças?".

"Não force a criança", disse Hannah.

"Você chama obedecer aos mandamentos de Deus forçar uma criança?"

Josef batia os pés contra os degraus de pedra do quintal.

"Um menino judeu não fica parado sem fazer nada", Zalman chamou da janela. "Venha para dentro."

O garoto não se moveu.

Foi então que Mila desceu as escadas correndo e parou alguns degraus acima dele.

"Anghel? Sou eu, Mila."

Ele deu um lento passo em direção a ela. Piscou. Ela se virou. Ele a seguiu escada acima.

Durante o jantar de shabat, quando Zalman lhe deu uma fatia de chalá, o menino agradeceu em romeno, "*Mulţumesc*".

"Fala-se iídiche na mesa de shabat. Iídiche é a língua que Deus considera Sua", explicou Zalman.

Entre os pratos, Josef enfiou um pedaço de chalá no bolso.

"O pobrezinho deve ter passado fome", sussurrou Hannah na cozinha enquanto as meninas tiravam a mesa.

Na cama, no escuro, Mila cochichou para Atara: "O pedaço não é para ele, é para Florina".

No domingo, Josef discutia atrás da porta fechada da sala de leitura de Zalman. "O que ela diz aos lavradores? O que ela diz que aconteceu comigo? Quem era eu?"

"O *Eibershter* recompensará Doamna Florina mil vezes, neste mundo e no vindouro. Também providenciarei que não lhe falte nada. Quanto a você, nossa gente na América está movendo Céu e terra. Não demora muito para sua declaração chegar."

"Não quero ir para a América. Não preciso. Florina me batizou."

Zalman deu um salto da cadeira. Precisou fazer esforço para se controlar. Inclinou-se para a frente. O nariz quase tocando o volume do Talmude, inspirou fundo. Ao erguer o rosto, estava sereno outra vez. "O Rebbe está planejando uma comunidade santa na América. Ele está pedindo você."

"Se eu arar os grandes campos na América, posso levar Florina?"

"Um menino da sua idade pensa no estudo da Torá, não em arados e campos."

"Eu não vou ver Florina de novo?"

"Só o *Riboine shel Oilem* sabe essas coisas."

"O que é *Riboine shel Oilem*?"

"É... o Senhor do Universo. Aquele que salvou você uma vez e que vai salvá-lo de novo devolvendo-o ao mundo da Torá. Seja grato, Josef Lichtenstein. Com o tempo, você mandará dinheiro para a mulher, pacotes. Vai mandar café, açúcar, mas o lugar de um menino da sua idade é na yeshiva. Só o estudo da Torá trará o Messias e só Messias trará nossos mortos de volta... sim, sim, os nossos que morreram em martírio viverão novamente."

"Minha mãe, meu pai, Pérele?"

"Eles se erguerão inteiros como se nada houvesse acontecido. As Trombetas soarão. Ao primeiro toque, o mundo estremecerá. Ao segundo toque, a terra se abrirá. Os ossos se juntarão ao terceiro toque." Reparando nos olhos arregalados do menino, Zalman sorriu. "Nosso tio-bisavô *reb* Elimelech foi um renomado estudioso da Torá. As pessoas viajavam dias só para vê-lo de relance, e você, também, pode vir a se tornar um *ben Torá*; você, também, pode apressar a vinda do Messias, Josef, filho de Yekutiel e Judith."

"Anghel."

"Esqueça Anghel. Anghel é um nome de medo. Um judeu

que teme a Deus não precisa ter medo dos *goyim*. Seja grato, Josef Lichtenstein, nosso Senhor o salvou uma vez e aí Ele o salvou de novo trazendo você de volta para o Seu rebanho."

Encolhido debaixo do acolchoado, Josef agarrou as franjas desbotadas e perseguiu suas memórias. "Seja grato..."
Ele não pensara em dizer a Florina quando ela sussurrou, *Mamãe quer que Anghel viva...* Toda noite, mãos aninhadas entre as mãos dela, pés entre suas pernas, ele se apegara ao som da respiração de Florina, mas não pensara em lhe dizer que era grato.

Zalman informou a família que não havia tempo a perder para aprontar Josef para o seu bar mitsvá. Toda manhã, ele levava o garoto à sala de estudos. Mila e Atara podiam ouvir, por trás da porta fechada, a voz fina, espantada de Josef repetindo o nome de cada cantilena, e Zalman instruindo: "Na língua sagrada, os sinais das cantilenas são chamados *taamim*, que também significa *sabores*. Esses pequenos floreios acima e abaixo das letras não só determinam a melodia do texto, eles nos trazem a sua essência. Com o tempo você, também, vai saborear esses versos sagrados".
A voz insegura do menino entoava depois de Zalman: *"Kadma-ah munah zarka-a-a-ah..."*.
E Zalman bramia: "Deixe a sua voz se erguer, saia do esconderijo, Josef, filho de Yekutiel!".

No sono de Josef, os arabescos de traços escuros se misturavam e se emaranhavam em fios que ele não conseguia desenredar, as histórias de Zalman dentro de histórias de Cristo em meio às quais ele procurava uma última letra, uma primeira letra, que formavam uma palavra perdida...

Na semana anterior aos Santíssimos Dias, Zalman fez Josef sentar-se constrangido numa cadeira sobre jornais espalhados e chamou as crianças. Desatou um nó acima de sua orelha e deixou cair um grosso cacho escuro. "O Senhor nos diz: *Não arredondareis os cantos de vossas cabeças.*" Então, pegando uma navalha, disse a Josef: "Você, também, deve usar a marca de Deus se quer que Ele o reconheça como Seu. No Egito, os judeus mantiveram suas tradições; não adaptaram vestimentas, língua ou nomes, e o Senhor os reconheceu e os tirou da servidão".

O cabelo do garoto caía sobre os jornais enquanto Zalman raspava totalmente sua cabeça, deixando dois cachos laterais.

Nessa noite, Mila e Atara ouviram o garoto se esgueirar escada abaixo. Da janela aberta o viram correr pela rua parcamente iluminada, até a igreja no final do quarteirão. Observaram-no encolher-se contra o pórtico escuro que tanto assustava as meninas.

Mais tarde, deitadas na cama, ouviram um lamento fino, contínuo. Retiveram a respiração. O lamento persistiu. Mila levantou-se. Seus pés descalços tremiam no assoalho ao deixar o quarto. O lamento cessou.

Mila segurou a cabeça raspada do menino em seus braços, apertando-a contra o coração, e o aqueceu com seus sussurros: "*Sheifeleh... sheifeleh...*".

Os Dias Terríveis chegaram. Na modesta sinagoga de Zalman na cidade velha de Sibiu/ Nagyszeben/ Hermannstadt, eles se reuniram: sobreviventes da Transilvânia Bucovina Galícia, e Eslováquia Boêmia Morávia, e Podólia Volínia Silésia... Eles se reconfortavam mutuamente, judeus que desejariam esquecer que eram judeus, esguias sombras curvadas que sabiam que alguém haveria de se lembrar; judeus que não falavam romeno; judeus que falavam só romeno.

A voz de Zalman se erguia e eles se inclinavam para a frente. Dos primeiros bancos até a última fila, na seção dos homens embaixo, no balcão das mulheres, nas escadas que levavam aos vestíbulos, eles se inclinavam em direção à plataforma elevada onde Zalman pregava em trajes brancos que os judeus, este ano, voltarão a ser inscritos no Livro da Vida.

E alguns dos soluços pediam não por perdão, mas por reparação, enquanto a voz de Zalman crescia, *El maleh rachamim... Deus cheio de misericórdia...*

Durante o serviço pelos mortos, as crianças com pais vivos escapuliam em meio às lágrimas e pulavam para fora da sinagoga. Se, por acaso, uma criança não órfã fosse encontrada dentro, escondida no meio das pernas dos adultos, ouvia-se um grito, como que uma exigência: "Mandem essa criança sair, ela não é enlutada!". Atara e os irmãos mais novos ficaram brincando no pátio durante o serviço dos mortos, mas Mila e Josef permaneceram dentro.

E Josef reconheceu o cântico que Zalman entoava junto aos túmulos, *El maleh rachamim...* Na sinagoga dele, não eram silenciosos sulcos na terra que acolhiam o menino em sua perda, nem lavradores apoiados em forcados, zombando do bastardo de Florina, mas lamentos e encantações para transformar ausência em significado. Na sinagoga de Zalman, todo mundo chorou com o menino quando ele se lembrou do cheiro dos xales de orações de lã e livros amarelados no banco de sinagoga do seu pai.

E o menino sentiu que parte dele ansiava pelo nome que era seu quando tinha mãe, pai, irmã. Conforme Zalman lhe ensinara, ele, Josef Lichtenstein, queria que o mundo perdido voltasse a viver.

Algumas semanas depois, os documentos de Josef chegaram.

*

A família inteira acompanhou Josef até a estação; Zalman, Hannah com o novo bebê apertado contra o peito, Mila e as crianças Stern de mãos dadas.

As portas do trem se fecharam. Josef reapareceu numa das janelas, meio escondido pelo acolchoado. Seu rosto ainda estava bronzeado, mas ele tinha uma aparência despida, frágil, sem a moldura do cabelo.

Chaminés arfaram. O trem começou a se mover.

Os olhos de Josef estavam fixos em Mila, nas tranças esvoaçando em torno da face enquanto ela corria para acompanhar seu vagão.

O trem foi sumindo até virar um ponto, e desapareceu. Braços soltos ao lado do corpo, Mila ficou parada na extremidade da plataforma, acima do canteiro de pedra.

LIVRO II

Outono de 1947

Zalman reuniu a família em sua sala de leitura. Os tomos do Talmude que habitualmente ficavam abertos sobre a escrivaninha estavam embrulhados em panos. "Crianças, vocês pensam em Sibiu como seu lar, mas até que o Todo-poderoso nos reconduza de volta do exílio, nós judeus não temos lar." Pegou uma pilha de folhetos e os colocou num caixote de madeira. "O governo está fechando as nossas escolas, os comunistas — que seus nomes sejam apagados — querem que esqueçamos que somos judeus. Uma pequena congregação em Paris necessita de um cantor de sinagoga. Vamos partir."

Mila e Atara ergueram os olhos, surpresas. Tinham ouvido Zalman ansiar pelas grandes cidades de yeshiva como Pressburg, Slobodka, Lezhinsk — nunca por *Paris*. Mila buscou a mão de Atara, aliviada em saber que, se tivessem que ir, iriam juntas.

As crianças não deveriam ficar tristes, já tinham existido partidas muito piores; e tampouco deveriam se alegrar por serem condenadas a vagar de um lugar a outro. Quando Marika, a amiguinha, chamou do pátio, Hannah advertiu que não havia tempo para jogos ou despedidas. As crianças ouviram a pedrinha de Marika batendo no pavimento, e a menina contando enquanto saltava sobre as linhas de giz. Escutaram seu silêncio no momento em que ela pegava a pedrinha. "Atara, Mila, eu ganhei!"

Uma última manhã, Mila e Atara acordaram em sua cama partilhada. Escutaram o arrulho das andorinhas sob a cornija. Ajudaram a levar as malas de papelão e as trouxas de roupa, ajudaram a carregar a carreta puxada a cavalo.

Abraçando o bebê contra o peito, Hannah subiu em cima da bagagem no alto da carreta. Zalman ergueu as crianças pequenas e as colocou ao lado de Hannah. Mila e Atara seguiam a carreta a pé. Atrás delas, caminhava Zalman e o menino mais velho, Schlomo, de cinco anos.

Marika ficou pulando corda ao lado das meninas até a carreta dobrar a esquina. "Vocês não vão voltar? Nunca?" Ficou parada na esquina, saltando de um pé a outro, e gritando atrás deles "nunca-nunca?".

Mila e Atara ajudaram a carregar malas e trouxas para o trem. A família se instalou num compartimento. O trem deixou a estação. O cata-vento no alto da cúpula de cobre foi ficando para trás. A torre do relógio foi sumindo de vista. Blocos de apartamentos davam lugar a chalés, choupanas com telhado de palha, mulheres de lenço na cabeça lavrando plantações de verduras. As crianças acenavam para as mulheres, para o cavalo atrelado a uma carroça de madeira serrada, para as sacolas de queijo amarradas às vigas das varandas, para os Cárpatos do sul, para o cair da noite no rio Cibin.

A escuridão chocalhava passando pela janela. O bebê choramingava e Hannah o pôs no seio. O ato tomou conta do compartimento. Atara descansou a cabeça no ombro de Mila e Mila descansou a sua sobre a cabeça de Atara. As meninas, que tanto queriam ficar despertas para cada momento da viagem, logo foram embaladas pelo sono.

"A galinha! Está fugindo do trem!", Mila gritou.

Hannah se curvou em direção às meninas. "Shshsh, é um sonho, só um sonho."

"A galinha não quer morrer!", protestou Mila.

"Shshsh, você vai acordar o bebê."

Atara cochichou no ouvido de Mila: "Estamos a salvo. Estamos num trem de *passageiros*, estamos indo a Paris para viver".

Mila cochichou de volta: "*Você* acredita que eu vi o Rebbe no trem?". Era um tom de urgência, como se temesse que suas memórias, também, fossem deixadas atrás.

Atara hesitou: "Mas se o Rebbe estava lá, como é possível não ter havido nenhum milagre?".

Mila se afastou e encostou a cabeça na janela.

"Eu o *vi*. Ele estava vestindo um casaco branco. Ele nunca levantou os olhos do livro, mas eu o vi."

Mila voltou a dormir. Sua cabeça batia contra a vidraça. Atara inclinou Mila, delicadamente, até que a cabeça dela veio pousar em seu ombro. Atara escutava os estalos da porta do compartimento, entrando e saindo do caixilho: sua primeira porta de correr, sua primeira lâmpada azul lançando sombra sobre a barba de Zalman, e tudo que ela encontraria dali em diante seria pela primeira vez, o estranho sotaque do condutor — olhou para Zalman para se certificar de que ele não tivesse notado sua excitação, olhou para a noite que passava correndo.

Trocaram de trem em Oradea e Budapeste; cruzaram a fronteira austro-húngara que, alguns meses depois, seria fechada por quarenta anos. Trocaram de trem em Viena. À medida que as estações passavam — Linz, Munique, Stuttgart — cidades maiores, cidades pequenas, vilarejos sem nenhum judeu, Zalman e Hannah recitavam salmos que coravam suas faces.

Paris

Os Stern se mudaram para um apartamento no quarto andar na Rue de Sévigné, no Marais, o bairro judeu. Mila e Atara ainda dividiam um quarto, mas agora tinham camas separadas. Na primeira noite afastadas, puseram uma cadeira entre as duas armações de bronze para apoiar as mãos, de modo que não se separassem durante o sono.

"*Françoise!*", uma voz chamou no pátio, e os dedos das meninas se apertaram com o soar das novas vogais, "*Françoise*", e mais uma vez treinaram dizer seu novo endereço no *qua-tri-ème ar-ron-dis-sement*...

Som por som, a vizinhança foi caindo no sono. As meninas também estavam adormecendo quando ouviram Zalman sair do quarto principal. Em vez de se instalar na sala de leitura, como fazia muitas noites em Sibiu, Zalman andou pelo longo corredor atulhado de caixotes. A porta da cozinha fez um ruído de abrir e fechar.

Suish, a lâmina raspou a pedra de amolar, suish, suish... uma lâmina mais afiada para circuncisão, e uma menos afiada para matar animais... suish... suish...

As meninas apertaram-se as mãos, para ver se a outra estava ouvindo. Zalman estava afiando as facas rituais junto à pia da cozinha. Com toda certeza, não era algo que a Lei exigia dele, não nesse exato momento, não no meio da noite. Devia ser o próprio Zalman quem precisava fazer isso. Suish... suish... as facas aceleravam e ele respirava intensamente... ou seria a própria respiração delas que as meninas ouviam?

Os sons pararam. Zalman refez o caminho ao longo dos caixotes. Uma gaveta em sua escrivaninha se abriu, então a chave da escrivaninha virou na fechadura, e as mãos das meninas, pesadas de sono, se soltaram uma da outra.

Andorinhas cantando novas melodias francesas as despertaram. Atara abriu a janela. Mila debruçou-se para a luz que se derramava por telhados prateados e lançava anéis de penumbra nas venezianas descascadas. O riso das crianças menores no quarto ao lado quase abafou o ruído do ferrolho da porta de entrada se abrindo e fechando; era Zalman saindo para os serviços matutinos. As meninas passaram pé ante pé pela sala de jantar, onde o tapete florido ainda se livrava das dobras da viagem, foram pé ante pé até o quarto principal e entraram na cama de Hannah. Logo as crianças menores invadiram o quarto e todos se apertaram contra Hannah: Mila, Atara, Schlomo, os dois pequenos, e a cama era uma enorme barcaça branca, o acolchoado uma vela que os conduzia através da manhã estrangeira.

Um pingo de luz filtrou-se entre as ripas da veneziana e se alojou na touca de dormir de Hannah. A pequena Etti tentou erguer a pérola de luz entre o polegar e o indicador. Hannah riu. Quando o bebê choramingou no berço, ela disse: "Milenka, minha mais velha, você vai saber carregar, com todo cuidado, o pequeno Mendel Wolf?". Mila saltou da cama, debruçou-se sobre o berço, ergueu o bebê. Hannah desabotoou a parte de cima da camisola. As crianças observaram os minúsculos punhos se fechando sobre o seio, os lábios miúdos, ávidos; mais uma vez instalaram-se em seus mornos recantos.

Zalman retornou dos serviços e Hannah saiu às pressas do quarto. Ele suspirou ao pôr seu chapéu preto no porta-casacos. Demorando-se no calor da cama de Hannah, as crianças ouviram a nota de angústia na voz dele. Contou a Hannah sobre a congregação: haveria alguém com quem ele voltaria a compartilhar a paixão pelo estudo da Torá que compartilhara com o pai de Mila? Como tinham se distanciado da congregação do Rebbe — lá sim um judeu se sentia vivo!

No café da manhã, ainda perplexo com o novo pão francês, Schlomo insistiu que cada buraco na sua fatia fosse *preenchido* de manteiga. "Por favor, Atara, este aqui também! Ele está olhando para mim..."

Zalman entrou na sala; Schlomo se calou. Ele assumiu seu lugar na cabeceira da mesa e suspirou.

Schlomo observou a manteiga penetrar no pão. Estendeu a mão para pegar a faca, tentando espalhá-la ainda mais na fatia. Desistindo da faca, revirou a manteiga com o dedo e a enfiou no furo. Atara conteve uma risadinha. Schlomo ergueu os olhos, com ar de censura.

O punho de Zalman esmurrou a mesa.

"Os *goyim* não conseguem controlar suas inclinações corporais, mas um judeu pensa na vontade de Deus apenas!"

As crianças ficaram estáticas.

Zalman virou-se para o filho homem mais velho: "*Nu?* Quando o Senhor diz a Israel '*Vós sereis uma nação santa*', o que significa *santa?*".

"*Separada*", replicou Schlomo. "Está escrito no Midrash Rabá que santo significa separado."

"Ótimo. *Vós sereis uma nação santa*, vocês se colocarão em separado. Quando vagarmos por esta área selvagem parisiense, lembrem-se: Quando nós judeus nos comportamos como as outras nações, Deus nos pune." Seu tom ficou mais incisivo. "Seguramente o Messias já estaria aqui após tudo que nós padecemos, mas alguns dentre nós o estão atrasando."

Etti começou a choramingar.

"Na assim chamada escola judaica para onde eu, ai de mim, estou mandando vocês, é possível que ouçam falar — Deus nos livre, é possível que ouçam — de uma blasfêmia que se autodenomina *Iluminismo Judaico*. Mas Chassam Sofer diz que a Torá proíbe inovação. E poderão ouvir falar do sinistro desfecho do *Iluminismo*: sionismo. Nosso Rebbe diz que ele foi o responsável pela terrível destruição. Um exército sionista poderá nos proteger?" O punho de Zalman esmurrou a mesa.

O leite nas vasilhas das crianças ergueu-se em curvas, que caíram fora das bordas sobre a toalha de mesa.

Etti explodiu em soluços.

Zalman franziu a testa. Seu pulso disparou. Era essencial que as crianças temessem o pai para que se tornassem judeus tementes a Deus quando crescessem. Sua voz ergueu-se acima do choro da criança.

"Quem somos nós para nos colocarmos face a face com as nações quando Deus quer a nossa submissão? Quem somos nós para construir um Estado judeu quando Deus decreta o nosso exílio? Deus exigiu de nós três juramentos." Virou-se para o filho homem mais velho: "Qual é o primeiro?".

Schlomo hesitou. Zalman vasculhou os rostos das outras crianças, mas elas não sabiam.

"O primeiro juramento: Que não derrubaremos o muro do exílio. O segundo: Que não nos rebelaremos contras as nações entre as quais estamos exilados. O terceiro: Que não forçaremos o Fim."

"Não devemos construir a Terra Prometida com nossas próprias forças. Nossa salvação virá por meio de prodígios e milagres, e quem duvida dessa redenção milagrosa duvida de toda a Torá. Que *HaShem* nos liberte dos inimigos que nos cercam, que ele nos faça retornar do exílio, Amém."

"Amém", ecoaram as crianças.

Zalman se levantou e marchou pesadamente rumo à porta.

Naquela tarde, voando sobre o escorregador no Jardim de Luxemburgo, foi difícil para as crianças lembrar-se de que estavam vagando no deserto; planando nos balanços, foi difícil lembrar que haviam sido escolhidos para ficarem separados. Quando se lembravam, elas soltavam gritos ainda mais altos e estridentes despencando e subindo de volta correndo, como se aquela descida pudesse ser a última antes de serem recolhidos do exílio. As mães nos bancos balançavam a cabeça. Com certeza aquela ninhada de crianças com cachos laterais e saias longas era a mais barulhenta que o Jardim de Luxemburgo já tinha ouvido.

"Por que tanta alegria nas atividades selvagens?", Zalman repreendeu as crianças quando elas subiram as escadas de volta para casa, faces coradas de tanto brincar. "Onde vocês acham que estão as crianças judias, as que viveram antes de vocês? Quem dos nossos vizinhos as entregou?"

Em Sibiu, Zalman havia tolerado que seus filhos jogassem bolinha de gude no quintal, mas não permitia mais isso em Paris. "*Bitul z'man*" (perda de tempo), ele censurava os garotos que o seguiam até a sala de estudos, orelhas rubras de seus puxões irados. As meninas tinham permissão de pular corda ou brincar de amarelinha quando Hannah não precisasse de ajuda, mas os meninos com idade suficiente para ler deviam permanecer sentados diante dos livros sagrados.

Mila e Atara podiam sentir que Zalman, tão valente na desolação que ficara para trás, tinha medo de Paris. Elas queriam reassegurá-lo. Prometeram que sua religiosidade consolaria o *ilui* que perdera seu mundo. Com a proximidade do shabat, quando não se esperava que as mulheres participassem dos serviços religiosos, elas o acompanhavam à sinagoga. Como Zalman, desciam da calçada para evitar chegar perto de um local de culto idólatra, uma igreja. Como ele, desviavam os olhos das imagens esculpidas que adornavam fachadas e fontes — teria Deus salvado seus corpos para que suas almas viessem a perecer? Zalman pegava as mãos das meninas antes de atravessar a rua, quer dizer, envolvia com suas palmas os pulsos delas, fazia com que andassem mais devagar segurando com mais força. Ele tocava os filhos tão raramente que aquela mão firme circundando seus pulsos enchia as meninas de uma deliciosa sensação de proteção. Às vezes Zalman esquecia de soltá-los quando chegavam na calçada oposta, e então não importava que as pessoas olhassem e soubessem que ele era pai delas, o judeu de barbas longas que não dava a mão para mulheres; não tinha importância que alguém soltasse um *sales juifs*, judeus sujos. Zalman se baixava para as meninas: "As mesmas roupas que fazem com que nos destaquemos para o ódio dos *goyim* também nos destacam para Ele, que habita o Céu".

Suish... as facas esfolavam a pedra de amolar.
Suish... a corda que as meninas pulavam raspava as tábuas do corredor.
Zalman saiu da cozinha, o brilho das lâminas protegido por pedaços de feltro. Apertadas contra o papel de parede, Mila e Atara sabiam que não deviam atrapalhar seu caminho. Quando

a porta de sua sala de estudos se fechou, a brincadeira foi reiniciada, solene, como se a antiga ameaça do deserto lançasse sua sombra e passasse voando.

*

As crianças estavam no hall de entrada, preparando-se para sair para o primeiro dia de escola, quando Zalman surgiu da sala de leitura. As meninas morderam os lábios, com medo de se atrasar.

"Vocês tomarão conta de si mesmas", ele instruiu, "e uma tomará conta da outra. Se os bonecos de Satã se reunirem para celebrar sua nova miragem, seu *Estado* de Israel, vocês ficarão de lado, separadas. Blímele, você é a mais velha" — Zalman sempre chamava Mila pelo seu nome iídiche —, "você tomará conta dos mais novos." Mila aquiesceu. "Lembre-se, Blímele, quando você observa os mandamentos de *HaShem*, as almas de seus pais, lá no alto, chegam mais perto da Sua presença, mas quando você se dispersa, são banidas para um deserto frio onde as almas se congelam e despedaçam."

Mila fechou os olhos para ver melhor seus pais dependendo dela para aquecer-se.

"As crianças vão se atrasar", Hannah sussurrou para Zalman.

"O Senhor está nos dando mais uma chance. Que Ele nos livre dos inimigos que nos cercam, que Ele nos reconduza de volta do exílio, Amém."

"Amém", repetiram as crianças, ajustando as alças de suas pastas escolares.

A sineta estava tocando quando eles entraram no pátio. Mila e Atara deixaram os irmãos mais novos com a professora do berçário e correram para a fila que já desaparecia no prédio principal. Estavam encantadas por estar na mesma série, ainda que Mila fosse quase um ano mais velha e tivesse terminado a primeira série em Sibiu, mas Zalman só conseguiu uma classe segregada; a escola dos hereges permitia que meninos e meninas estudassem juntos.

Janelas altas ocupavam toda uma parede da sala clara. A professora estava parada na frente de um quadro-negro pautado; era bonita, mesmo usando calça comprida. Elas não deviam contar a Zalman sobre a calça. Estrelas azuis pintadas pelas crianças sobre papel branco estavam coladas formando um friso contínuo nas duas paredes restantes.

Foram indicadas para Mila e Atara duas carteiras vazias no fundo da classe. Algumas das crianças viraram a cabeça e sorriram, outras se juntaram para cochichar.

Toda manhã, os olhos das meninas brilhavam quando elas abriam os *cahiers d'école*, cadernos com páginas brancas, lisas, pautadas e quadriculadas com linhas azul-claras. Elas mergulhavam as canetas novas no tinteiro — como era gostoso traçar, meticulosamente, as novas palavras em francês, ascendentes e descendentes.

A professora anunciou que haveria uma comemoração da Declaração da Independência de Israel. Mila ergueu os olhos para o friso de estrelas azuis. O bico da sua pena prendeu e arranhou o papel, espirrando uma gota de tinta na página branca. Mais uma vez, as duas meninas ficariam de lado. Mila corou ao lembrar que já por três vezes Atara e ela haviam sido chamadas de ladras durante o recreio. Os gritos de guerra das colegas de classe ressoavam em torno delas, e as duas se encolheram uma contra a outra e então fugiram para dentro do prédio, onde não era permitida a presença das crianças durante o recreio. A professora bonita desceu as escadas vestindo sua calça comprida. Atara e Mila baixaram os olhos, com vergonha de contar que haviam sido cercadas e acossadas pelas colegas. A professora as observou longamente, as saias compridas, as meias grossas. Perguntou se era verdade que o pai delas não lhes permitiria estudar para o *baccalauréat* mais tarde. As meninas responderam que não sabiam, não sabiam o que era o *bacca* — o que era aquilo.

Atara fitou o ponto de tinta na página de Mila.
Mila sussurrou: "Precisamos descobrir quando vai ser essa comemoração".
"Silêncio!", gritou a professora.
Se conseguissem descobrir o dia exato, com toda certeza Zalman e Hannah as deixariam ficar em casa — Zalman iria *querer* que elas ficassem em casa.

A Estrela de Davi azul tremulou sob o claro céu de maio, acima das classes reunidas no pátio da escola. Numa janela do segundo andar, segurando um megafone, a diretora fez um discurso apaixonado: Havia lições que os judeus sobreviventes *precisavam* aprender da história, e uma dessas lições era que a impotência não era uma opção. A voz eufórica chegava a saltar do megafone sionista: "Não mais no ano *que vem*, e sim *este* ano — *este* ano no nosso novo Estado de Israel".
O pátio urrou. Professores e alunos deram-se as mãos. Uma colega de classe buscou a mão de Atara, para convidar as duas meninas a participar da gigantesca roda, mas Mila e Atara sacudiram a cabeça e se apertaram com mais força contra a parede dos fundos, num esforço para se fundir com ela, ainda que seus olhos não se desviassem das mãos entrelaçadas e dos pés que ba-

tiam no chão, ainda que seus ouvidos não pudessem evitar aprender a mais proibida das canções: *Nossa esperança ainda não está perdida, de ser uma nação livre na nossa terra...*

Mas meninos e meninas de mãos dadas, cantando juntos, dançando juntos, celebrando o Fim quando o Fim ainda não tinha chegado — tudo isso era proibido.

A caminho de casa, Mila e Atara permaneceram caladas. A semana toda, Mila não conseguiu olhar Zalman nos olhos. Implorou a Deus que examinasse seu coração e visse que ela não tivera intenção de forçar o Fim. Ela, Mila Heller, esperaria, pacientemente, para ser salva.

*

Hannah e Zalman contrataram Leah Bloch, uma estudante de graduação do seminário, de dezenove anos, para frustrar as armadilhas da ímpia *école* e dar às meninas instrução adicional em recato e observância religiosa. Pálida, de lábios finos, Leah Bloch, que tinha a fantasia de que aquela nova família chassídica vinda de longe era sua, em vez de sua própria família francesa comum, explicou que Mila e Atara deviam ter orgulho de sua linhagem, de pais que não eram joguete das *lumières* francesas. Ensinou-as a ler a Escritura da maneira apropriada — jamais as palavras da Escritura somente, mas sempre acompanhadas pelas interpretações dos reverenciados comentaristas. Entoava canções pias e fervorosas para contrapor àquelas que as meninas ouviam na escola. Todo shabat à tarde, as três dançavam ao som da música: "*Eu quero o Messias já!*".

Leah Bloch informou Hannah que Mila e Atara não tinham participado da comemoração proibida. Zalman chamou as meninas à sua sala de leitura. Olhou para uma delas, depois para a outra; sorriu. "*Nu?*" Todas as tardes naquela semana ensinou-as a cantar em harmonia um trecho do serviço dos Dias Terríveis, uma melodia de oração difícil que vinha ensinando aos meninos que o acompanhariam à sinagoga, mas Mila e Atara tinham belas vozes, ainda que não pudessem cantar em público, não diante de homens. Mila ainda não tinha doze anos, então podia cantar na frente de Zalman, apesar de não ser sua filha.

*

Ansiosa para assumir mais responsabilidades do que ser tutora das meninas, Leah Bloch se incumbia de pequenas tarefas para Hannah e levava as crianças ao parque. Quando ela segurava as mãos dos irmãos mais novos, Mila e Atara podiam correr na frente, passando pelas pontes em arco, em direção às flechas de pontas douradas dos portões do Jardim de Luxemburgo.

E assim foi que, numa tarde radiante de shabat, Mila e Atara entraram no jardim sozinhas. Folhas vistosas brotavam de cada ramo, de cada árvore.

As meninas correram sobre o cascalho.

As colunas rústicas do palácio de Luxemburgo se diluíam nas ondulações do laguinho, circundando a fonte, sumindo nas gotículas de água...

"Atara! Mila!"

Do outro lado do terraço, montada na sua bicicleta, acenava Nathalie, a nova amiga do parquinho. "Querem dar uma volta?", ela gritou.

Mila e Atara correram para a bicicleta. Mila sentou no selim; Atara se encarapitou na garupa.

"Uma volta só!", Nathalie gritou atrás delas.

O pé direito de Mila pressionou o pedal, depois o esquerdo. Os raios das rodas lançavam suas sombras giratórias enquanto a bicicleta passava pelas velas de brinquedo no laguinho. Mila se inclinou numa curva; Atara agarrou-lhe a cintura. Pedalou mais rápido; os braços de Atara se ergueram no ar. Diminuiu a velocidade junto à caixa de areia onde os pequenos se digladiavam com espadas de plásticos — estar em cima de uma bicicleta, mesmo desacelerando, era emocionante. O pé de Mila escorregou no pedal e a bicicleta se inclinou para um dos lados; Atara se inclinou para o outro e a bicicleta recuperou seu equilíbrio mágico.

O outro pé de Mila escorregou no pedal, a sola de couro do sapato preto envernizado de shabat...

Com toda certeza não havia bicicletas no monte Sinai, Atara pensou. Se tivesse havido, então andar de bicicleta jamais teria sido proibido no dia do descanso, porque não era absolutamente nenhum trabalho e as pessoas deviam se alegrar no shabat...

"Agora é a minha vez!", exclamou Atara.

Mila reduziu a velocidade e as meninas trocaram de lugar. Atara levantou-se sobre os pedais. Flores e sebes passavam como borrões à medida que ela acelerava. Gritos de crianças cortavam o ar, planando com as curvas, repicando sobre o escorregador...

Um grito agudo.

Cortando caminho pelo gramado, vinha Leah Bloch, seguida pelos pequenos.

Atara freou. A roda traseira derrapou.

"Shabat!", gritou Leah Bloch com toda força.

Mila e Atara tombaram da bicicleta antes que ela parasse totalmente.

"Vocês ainda estão tocando nela!", Leah Bloch deu outro grito.

Atara soltou a bicicleta, que caiu no chão.

"Shabat!", Leah Bloch exclamou de novo. "Vocês precisam contar ao seu pai, precisam contar a ele o que fizeram no shabat."

Mila lembrou-se de que se os judeus guardassem *um único* shabat, se guardassem um shabat perfeitamente, o Messias viria e seus pais voltariam a viver. Ela enxugou as lágrimas da face.

Atara foi procurar Nathalie enquanto a bicicleta jazia sobre o cascalho. Tentou explicar: não, ela não tinha caído da bicicleta, nem ela nem Mila estavam machucadas, não, ela não podia trazer a bicicleta de volta — não podia *tocar* na bicicleta.

Mila e Atara deixaram o jardim por um portão pelo qual ainda não tinham passado antes. Será que Zalman descobriria? Alguém da congregação poderia ter visto as filhas do novo rabino transgredindo o shabat… Será que Leah Bloch contaria? Um dos irmãos? As meninas vagaram ao longo do quai, para longe, até gritos roucos de gaivota anunciarem o pôr do sol. Pensaram que, com oito e sete anos, eram muito jovens para fugir. Com os laços escorregando pelo cabelo, deram meia-volta e começaram a voltar.

Talvez se Zalman as visse antes na sinagoga, ficaria menos zangado?

As meninas se demoraram entre os assentos do balcão mal iluminado das mulheres.

Logo Zalman estava na porta de entrada; ele não entraria no balcão ainda que não houvesse nenhuma mulher adulta ali. Fez um sinal para as meninas. Elas se adiantaram. Atara estava mais perto dele; um tapa a fez voar três degraus abaixo no vestíbulo. "Vão para casa!"

Zalman nunca tinha batido em seus filhos.

As meninas tomaram o caminho de casa.

Hannah virou-lhes as costas.

Em seu quarto às escuras — era proibido ligar um interruptor e acender uma luz durante o shabat —, as meninas se sentaram sobre a mesma cama.

Zalman voltou dos serviços vespertinos sombrio, compenetrado. Acendeu a vela trançada, verteu vinho até a borda do cálice de prata... para herdar este mundo e o vindouro.

"Onde estão elas, as transgressoras do shabat?", perguntou.

"No quarto", sussurrou uma das crianças.

"Vá buscá-las. Um judeu temente a Deus tem obrigação de ouvir a *Havdalá*."

As meninas apareceram, olhares baixos. Zalman entoou a prece que separa o shabat do dia útil, o sagrado do profano. Quanto terminou, a sala permaneceu em silêncio. Mila começou a sair para a cozinha, para a pia cheia de louça do shabat.

"Fique!", ordenou Zalman.

E tirou o cinto.

Mila congelou na soleira da porta.

Atara se jogou embaixo do sofá.

Zalman puxou o sofá para longe da parede.

Ela deu uma guinada para manter sua proteção.

O sofá foi arrastado para a direita, depois para a esquerda; Atara se jogou para um lado, depois para o outro.

O sofá balançava e se desconjuntava e Zalman foi ficando mais e mais zangado.

"Você só está piorando as coisas! Saia daí!"

Atara parou. A mão de Zalman se estendeu para pegá-la, sua *yad chazaká* — mão forte — moldada à imagem da própria mão poderosa de Deus. Ele puxou a menina de baixo do sofá, fez com que ela se dobrasse sobre o joelho dele, baixou seu pijama.

Nem os bebês ficavam nus na casa de Zalman.

"A minha filha zomba da palavra de Deus em público?"

O cinto cortou o ar e as nádegas de Atara. Suas pernas se retorceram tentando escapar, mas seus pés não chegavam até o chão.

"Uma profanadora do shabat... um homem que cata gravetos no shabat, toda a congregação deve apedrejá-lo!"

Mila estremecia a cada cintada.

"Para, tate, para!", as crianças soluçavam.

"Com um filho rebelde, os pais devem se encarregar do apedrejamento."

Cinto, e cinto, e cinto.

"Haverei de instilar o temor ao Céu nos meus filhos."

Cinto, e cinto, e cinto.

"Zalman! Já não basta?", rogou Hannah.

"Não se intrometa! Eu romperei o secularismo." Cinto. "Sionismo." Cinto. "Modernidade." Cinto.

Atara já não gritava mais.

"Repita comigo: nunca mais eu vou transgredir o shabat, nem o shabat nem qualquer outro dos Dias Santos do Senhor."

A menina soluçou as palavras ordenadas.

Zalman a soltou.

Ela escorregou para baixo do sofá. Zalman se levantou e deu um passo na direção de Mila, cinto enrolado na mão. A ira inchava e marcava sua testa.

Ele viu a mancha nas ceroulas brancas de Mila ficando cada vez maior e a poça em volta de seus sapatos se espalhando. Sua cabeça virou-se para o outro lado. O braço erguido caiu junto ao corpo.

Parou na soleira da porta. "Vocês desobedeceram ao Senhor e me envergonharam profundamente. Vocês envergonharam a família. Agora os *apikorsim* estão zombando: Ali vai o pio chassid cujos filhos transgridem o shabat."

Zalman saiu da sala. Em seu quarto de estudos, com a cabeça enterrada nas mãos, recitou os textos que afirmavam o que tinha acabado de fazer.

"Silêncio agora!", Hannah disse, enxugando o nariz dos filhos menores. Na sala ao lado, o bebê gritava. Ela olhou a poça aos pés de Mila e hesitou. "Vá se lavar, depois leve os pequenos para a cama." As crianças agarraram o vestido de Hannah. Os guinchos do bebê ficaram mais altos. Ela tentou sair, mas as crianças continuaram agarradas quando ela se dirigiu até a porta. Debruçou-se sobre o berço, ergueu o bebê, andou de um lado para o outro com ele no colo; as crianças soluçando a seguiam. "Quietas!", disse Hannah. "Seu pai e eu estamos tentando proteger vocês... Mila", ela chamou para a sala contígua, "vá se recompor. Eu preciso da sua ajuda." Hannah inclinou-se para o lado e enxugou mais narizes. "É importante um cuidar do outro, um proteger o outro do pecado. É importante não estimular a perversidade... o bebê está *faminto*, soltem meu vestido. Ninguém vai punir *vocês* se disserem *não* à sua inclinação maligna. Mila! Agora, eu preciso de ajuda *agora*! Ponha as crianças na cama e diga a *HaMapil* com elas. Eu vou cuidar da Atara."

As crianças pegaram as mãos de Mila e a seguiram para o quarto. Subiram na mesma cama.

"Fale com a gente", Etti choramingou.

"At-Atara!", balbuciou Schlomo.

"Você pode nos ouvir, Mila?", perguntou Etti. "Não, ela não nos ouve."

A mão da pequena Etti afagou o ombro de Mila. "Por favor, Mila, a mame falou que é para você dizer a *HaMapil* conosco, *Faz com que durma em paz e me desperta...* Mila? Mila, olhe para o Schlomo!"

O rosto do menino estava retorcido.

A mão de Mila tocou sua face. "Quando meus pais viverem de novo eles vão tomar conta de nós."

"Eu não gosto do tate", disse Etti.

"*Chalila*, que o Senhor nos livre, você não deve dizer isso!", Mila disparou. "Você deve *honrar* pai e mãe."

"Atara...", Schlomo sussurrou.

Etti e os pequenos começaram a soluçar novamente.

As crianças ouviram os passos de Hannah do lado de fora, entrando na sala de jantar, e silenciaram. Ouvido encostado na porta, Mila segurou a respiração.

"Atara, você ainda está aí embaixo?", ouviram Hannah perguntar. "Pode sair agora, as outras crianças estão na cama... Atara?"

Quando não houve resposta, Etti começou: "*Miguel está à minha direita, Gabriel à minha esquerda, Uriel em frente... Rafael... Acima está a Presença do Senhor. Miguel está...*".

Na sala de jantar, Hannah sentou-se à mesa, a pouco mais de um metro de Atara sob o sofá. Seus olhos exaustos fechados. O bebê, com os dentes nascendo, tinha chorado a tarde toda.

"Atara, o seu pai, ele estava apenas... Está me ouvindo?"

Silêncio.

Hannah fitava o Livro de Salmos aberto, mas seus lábios pronunciavam outra prece, que o Senhor se lembrasse do seu exílio, ela também uma órfã, que o Senhor se lembre de Hannah-Leah, filha de Zissel-Malkah, estava tão cansada, e Zalman tão perdido e zangado nesta Paris das luzes, que o Senhor proteja as crianças da tentação...

"Atara?"

Na esperança de que o silêncio de Atara significasse que ela estava dormindo, desesperada para jogar-se na cama enquanto o bebê estava quieto, Hannah apagou a luz e saiu da sala.

A porta se fechou.

Ali, sob a cama, na escuridão envolta em vergonha, dor e ranger de dentes, uma semente penetrou, uma semente tão vigorosa quanto o braço de Zalman agitando o cinto, uma semente que se ergueu do mandamento gravado em suas nádegas como em duas pedras: se Deus cuidou para que Atara andasse de bicicleta no shabat, então Atara não se importava em...

"Atara! Sou eu." A mão de Mila bateu no chão sob o sofá. "Sou eu, Mila. Vai ficar tudo bem, por favor, saia."

Silêncio.

"Por favor", Mila choramingou, "sou eu." Ela se agachou e olhou o escuro sob o sofá.

Atara rolou para mais perto da parede. "Vá embora."

"Atara..." Mila chamava e repetia, e esperava.

Por fim, Atara acabou saindo de baixo do sofá e as duas ficaram paradas olhando-se sob o luar que entrava iluminando o assoalho. Ambas baixaram os olhos.

"Eu sinto muito...", sussurrou Mila. "Também andei na bicicleta de Nathalie, também cometi o pecado. Mas ele virá mesmo assim, o Messias virá e meus pais vão viver de novo e você e eu..."

Atara, que toda noite orava pedindo que o Messias trouxesse os pais de Mila de volta para a vida, ouviu a si mesma proclamar: "Pessoas mortas não vivem de novo". Então passou por Mila e, contendo as lágrimas, saiu da sala.

Mila agarrou-se à mesa ao escutar os passos de Atara se afastando.

"*Miguel está à minha direita, Gabriel à esquerda... Uriel na frente... HaShem... HaShem*, não vou mais andar de bicicleta nem nos dias de semana... *HaShem?*"

Uma sombra mergulhou janela adentro, Mila conteve a respiração. Estaria sua prece desmoronando? Estaria a sala atulhada de preces sem asas, incapazes de voar para o Céu, esbarrando e tropeçando umas nas outras, mortas?

*

Agora que *HaShem* estava zangado com ela, Mila não recitava mais suas preces automaticamente, e tampouco as misturava com suas próprias palavras. Leah Bloch lhe explicara que os rabinos haviam pesado cada letra no livro de orações de modo a inspirar preces sinceras, e Deus escutava com mais cuidado se alguém rezasse em hebraico, mesmo que não entendesse as palavras.

Os olhos de Mila fixaram as cifras pretas, mas seus ouvidos acompanharam cada um dos movimentos de Atara. Os pequenos corriam em círculos à sua volta, procurando não tropeçar em Mila recolhida em seus sussurros. Quando os olhos de Mila depararam com a linha indicando Fim do Serviço Matutino, ela trouxe a página aberta para junto da face e beijou a oração gasta que afirmava que seus pais, sim, *viveriam* de novo.

Durante o dia, ela se apegava aos antigos ritos de separação: shabat, dia útil; sagrado, profano; puro, impuro. Lustrava e polia todas as superfícies; dobrava suas roupas de baixo em quadrados perfeitos, e, para aumentar as chances de Atara estar com ela quando seus pais voltassem, desemaranhou o amontoado das roupas de baixo na gaveta de Atara e transformou-as em quadrados perfeitos.

À noite, as meninas ficavam deitadas em suas duas camas, mas a cadeira entre elas permanecia vazia, sem as mãos. Mila fitava o escuro, com medo do sonho ruim: sua mãe baleada, o pai arrastado pelos trilhos... Às vezes, quando Mila tinha sido uma boa judia, ela tinha o sonho bom, no qual sua mãe gritava "*Rebbe!*". E o Rebbe erguia os olhos do livro, punha-se de pé sinalizando que eles se apressassem e eles subiam no vagão: a mame com a barriga grande, ela nos braços do tate, e quando o trem recomeçava a se mover todos iam para onde o Rebbe ia. Mas depois do sonho bom, Mila chorava porque era apenas um sonho. Atara a consolava: "Melhores amigas, irmãs para toda a vida".

Agora Atara ficava em silêncio. "Fale comigo", Mila murmurava no escuro, mas não alto o suficiente para ser ouvida.

A caminho do curso dominical, Atara correu na frente de Mila. Parou no alto da ponte, as palmas da mão agarrando o corrimão, o joelho entre duas barras verticais. "Espere por mim, espere por mim…", ela sussurrou, o olhar correndo junto com a correnteza.

"Os rios não se importam", Mila disse quando alcançou Atara.

"O meu rio se importa."

*

No shabat, Leah Bloch chegou para levar as crianças ao parque, mas Atara não quis ir. No quarto das meninas, o sol brincava sobre o tapete recém-colocado, porém Atara pegou o livro amarrotado no fundo de uma caixa de brinquedos que a comunidade juntara para os filhos do novo rabino.

"Você não pode ler um livro gói no shabat", Mila sussurrou.

Atara virou a primeira página e examinou a ilustração. Experimentou as novas palavras em francês: "*Ca-nard, jau-nes, oeufs…*".

"Por favor, Atara, tenha cuidado."

Atara seguiu virando as páginas. "Acho que você iria gostar da história."

Em vez de protestar dizendo que não iria gostar de uma história gói, certamente não no shabat, Mila disse: "Posso sentar ao seu lado?".

Atara deslizou para a parede a fim de abrir espaço para Mila em sua cama e continuou folheando as ilustrações.

Uma mamãe pata formando uma fila com seus felizes patinhos amarelos. Um enorme ovo cinzento se abrindo. Cisnes brancos deslizando sobre seus reflexos na água. Olhando para a última página, Atara disse: "A mamãe pata está aqui e os patinhos amarelos estão aqui e os cisnes estão aqui, mas onde está o patinho feio?".

"Escondido? Atrás da árvore?"

"O patinho feio está escondido. Ele sai à noite, quando os cisnes balançam os longos pescoços e acenam despedindo-se do dia, e quando os cisnes enfiam os bicos debaixo das asas uns dos outros, o patinho também se aninha ali, como você e eu, eles dormem no lago escuro..."

"Mas nós somos judias", disse Mila.

"E daí?"

"Judeus não podem ser patos ou cisnes."

Atara puxou o livro para si. "Sim, podem sim!"

Revigorada por sua sesta de shabat, Hannah se comoveu com o silêncio pesado das meninas. Depois de Zalman sair para os serviços vespertinos, fez com que elas se sentassem ao seu lado, uma de cada lado da cabeceira da mesa. Segurando suas mãos, Hannah cantou: "*Oyfn veg, steyt a boym, shteyt er aynge-boygn...*". Hannah virou-se para Mila: "Sua mãe lhe ensinou... sim? Cante comigo, Milenka."

Mila aderiu: "*Oy, mamãe, quero tanto ser um passarinho e ninar a árvore no inverno...*".

"Ah, criança, pegue seu lenço, galochas, chapéu de pele, ceroulas compridas..."

"Mamãe, minhas asas estão pesadas de tanto amor..."

Hannah se levantou, agarrando a mão das meninas, mas Atara puxou a mão de volta.

Hannah pegou Mila pela cintura. "*Oy yadidadi yadidadi yadidadi,* YADIDADIDAM!" Na sala que se enchia do crepúsculo à medida que a rainha Shabat fazia uma reverência de adeus, Hannah e Mila voltaram-se para o melancólico ritmo, a velha melodia quebrada pedindo às meninas jovens que curassem suas feridas e seguissem adiante.

Hannah virou-se para Atara: "Venha, Ataraleh, dance!".

Atara empurrou a cadeira para trás e agarrou a maçaneta da porta.

Por que elas cantavam *Eu quero tanto ser um passarinho* do jeito que cantavam *Eu acredito na vinda do Messias*? A canção do passarinho era diferente; falava de como ela e Hannah se sentiam, e não de como *HaShem* se sentia.

"Ataraleh!", a mãe chamou de novo.

Atara se encolheu com mais força no pé da porta. A canção do passarinho era uma armadilha, todas as canções de Hannah eram armadilhas — Atara não queria nem a magia do shabat de Hannah nem sua exaustão dos dias úteis.

*

Ninfas da fonte e anjinhos montados em golfinhos tornaram-se os confidentes para todas as coisas que Atara sentia não poder mais contar a Mila. As mãos de Atara buscavam as paredes como se as pedras retribuíssem carícias, seus lábios sussurravam para fendas e musgo como se eles sussurrassem de volta. Para as pedras polidas, Atara dizia em segredo que um dia a coragem exigiria que ela fosse maior, e não que se forçasse a ser menor.

*

No terraço dos cafés, andorinhas saltitavam das mesas de mármore para a calçada, os bicos volumosos ciscando as pedras varridas de sol. Atravessando a praça da igreja a caminho da aula dominical de Leah Bloch, as meninas viraram a cabeça para uma voz alta: "Aqui, *Sinagoga*". As garotas franziram a sobrancelha, espantadas, enquanto seus olhos seguiam o dedo do guia turístico apontando o pórtico da igreja, a imagem proibida, a donzela de madeira.

"Sinagoga está à esquerda do Pai, ela desvia os olhos, vendada por uma cobra. Seu bastão está quebrado. As Tábuas da Lei escorregam da sua mão."

Os olhares das meninas recaíram sobre a contrita Sinagoga, a fina cintura de mármore, o pesado cabelo cinzelado, a testa alta voltada para baixo, sempre errada, sempre sem razão.

"À direita do Pai", o guia prosseguiu, "a coroada *Ecclesia* sustenta a cruz do Redentor e Seu sangue..."

Câmeras fotografavam enquanto as meninas seguiam adiante, mais perto uma da outra, através de ruas medievais agora vagamente ameaçadoras em seu silêncio dominical.

Nessa noite, Mila ficou de pé na cama, camisola apertada na cintura, uma venda nos olhos. Dava uma risadinha enquanto um livro escorregava da sua mão. "Uuuuh, queeeeem, quem sou eu?" Bochechas coradas, pulava de lá para cá em cima da cama: "Queeeeeem?".

A risadinha de Mila agitou suavemente Atara, que ficou em pé na cama. Ela também começou a pular.

"À esquerda do Pai!"

"Direita!"

"Esquerda!"

Mila pulou ainda mais alto: "Eles me odeiam! Uuuuh, quem sou eu?".

Primavera de 1952

Mila descobriu sangue entre suas coxas. Hannah a tranquilizou; não havia razão para ter medo, o sangue era a punição de Eva por ter tornado Adão mortal. Mila aprendeu uma prece nova:

Eu recebo com amor este castigo. Eu não teria apreciado o fruto proibido...

Atara não ficou satisfeita com a explicação de Hannah. Decidiu ir até a biblioteca pública proibida e voltou com uma explicação diferente para o sangue de Mila, e com uma sacola de livros cheia de outras histórias.

Atara gostaria de preferir as histórias de Hannah aos livros proibidos. As histórias começavam cheias de promessas, com palavras em iídiche multicoloridas, que Hannah não falava na vida cotidiana; mas assim que o pássaro tremia num galho de inverno, ou o miserável estudioso da Torá havia se encontrado com um espírito, as palavras da oração e o próprio *HaShem* forçavam sua entrada, e Atara tinha a impressão de que as palavras multicoloridas de Hannah haviam sido um estratagema para introduzir as de Deus sobre punir os malvados e recompensar os tementes. Na noite em que Atara percebeu que as palavras vívidas *sempre* sumiam das histórias de Hannah, saiu correndo da sala.

Nos livros proibidos, as palavras coloridas às vezes continuavam dentro dela mesmo depois de ter parado de ler a história; então Atara se perguntava se haveria alguma passagem secreta que a ligasse ao mundo exterior.

Logo Atara passou a ler o tempo todo. Lia no caminho de ida para a escola e na volta; lia sob a carteira na classe; à noite, lia à luz da lanterna sob o acolchoado.

Em sua sala de leitura, Zalman balançava ao som da melodia ancestral das discussões talmúdicas; sob os cobertores, Atara lia sem fazer nenhum som, com sensação de urgência. Apenas durante o lamento de Zalman à meia-noite sobre o Templo destruído seu murmúrio entrecortava as linhas da página de Atara. Ela erguia a cabeça, escutava a súplica dele — esperava o arrastar dos chinelos no corredor. Silêncio? As palavras se realinhavam, puxando-a mais uma vez para dentro.

Os volumes do Talmude de Zalman e os livros de Atara eram como vizinhos que vivem no mesmo prédio sem se conhecer, exceto que vez ou outra Zalman revistava o quarto das meninas em busca de escritos seculares e os rasgava. "Não vou criar uma Espinosa, não sob o meu teto!"

Atara sempre achava um jeito. Enfiava os livros proibidos entre a barriga e a roupa de baixo, subia no assento de madeira do banheiro e punha os livros no parapeito externo de janela alta e estreita.

Hannah vivia ocupada demais com os filhos mais novos, cansada demais pela última gravidez, para tomar conta das leituras de Atara.

Mila deu uma espiada na corcova fantasmagórica do acolchoado na cama de Atara. Ainda no ano passado, as duas meninas riam com Leah Bloch das suas notas ruins em trivialidades de literatura, mas agora a professora de literatura chamava Atara para responder às perguntas na sala. Mila tentou lembrá-la, timidamente, que os livros eram proibidos, mas Atara disparou a resposta de que o livre-arbítrio também era um direito no judaísmo; o *livre-arbítrio* de Atara queria ler livros.

Leah Bloch tranquilizou Mila: os livros de Atara eram meramente sobre prazer, não assuntos sérios. Quando nos rendemos a um desejo proibido, o desespero e o vazio se instalam; o mundo secular estava cheio de doença mental. Quando Atara ficasse deprimida e solitária, Mila lá estaria para salvá-la.
Junto à corcova iluminada do acolchoado, Mila orava: *"Miguel à nossa direita, Gabriel à nossa esquerda, Rafael..."*.

Aos catorze anos, Atara descobriu o caminho para a Bibliothèque Sainte-Geneviève como se sempre tivesse sabido que tal lugar devia existir, e que ela precisava visitá-lo. Na sala alta, silenciosa, onde lâmpadas de vidro leitoso dentro de cúpulas verdes lançavam claras elipses de luz sobre as páginas farfalhando, ela leu autores contemporâneos. Não os leu em nenhuma ordem: um dia deparava com *Notre-Dame-des-Fleurs*, no dia seguinte descobria *O ser e o nada*. Quando palavras ou conceitos lhe escapavam, não punha o livro de lado; quanto mais enigmática a formulação, mais rica a promessa de liberdade. Ao sair da biblioteca, fios perolados ligavam telhado a telhado, batente a batente, uma teia luminescente sob a qual todo mundo era igualmente escolhido.

    Ela vagava diante da Sorbonne, espiando um pátio pavimentado. O sino da capela soou. Ela se lançou como um raio através da multidão do bulevar Saint-Michel, cruzou o Sena, mais rápido, para chegar em casa antes que Zalman notasse sua ausência.

1955

Quando Mila começou a mencionar aulas que preparavam para o *baccalauréat*, o diploma que abria as portas para a universidade, Zalman tirou as meninas do liceu. Elas deveriam ajudar Hannah na casa até terem idade para casar. Mila tinha dezesseis anos, Atara quinze.

Hannah, porém, lembrou-se de Leah Bloch elogiando um seminário para moças de alta reputação, no norte da Inglaterra. Ela passara seus anos mais felizes ali. Hannah estava disposta a abrir mão da ajuda; alguns semestres de estudo da Torá, longe da faina doméstica e de cuidar dos irmãos, seria o presente duradouro dela a suas meninas.

Zalman argumentou que o seminário, ainda que ultraortodoxo, não era dirigido por chassidim. Ensinar Torá para mulheres não era costume chassídico, e tampouco mandar moças solteiras para longe da guarda do pai. Mas a ideia de duas adolescentes ociosas em Paris e o aparecimento recorrente de livros seculares em posse de Atara afligiam-no. Ele pesou recentes legislações rabínicas que não viam mal em mulheres estudarem a

Escritura e a Ética; verificou que não havia instrução de Talmude — o que era expressamente proibido para mulheres — e autorizou o seminário.

Uma nova urgência permeava as andanças de Atara pela cidade; esses dias de agosto poderiam ser os últimos em que chamaria Paris de seu lar. Após o seminário, esperava-se que ela casasse no exterior, numa comunidade chassídica. Zalman era inflexível: nenhum de seus filhos se estabeleceria na França; era muito difícil criar crianças chassídicas naquele país. No meio da ponte Saint-Michel, Atara virou a cabeça para a direita, para os arcobotantes de Notre-Dame, para a floresta de gárgulas e espirais; virou a cabeça para esquerda, para a corrente de pontes arqueadas sobre o Sena, Pont Neuf, Pont des Arts... Ela adorava a história que as velhas pedras contavam, muito antes dela, depois dela, adorava sentir-se como um mero floco naquela imensidão. Os sinos tocaram a hora, então a hora encheu-se de silêncio e ela se encheu de saudade; deveria Paris ser uma mera estação de passagem em suas perambulações? Se Paris tinha um lar em seu coração, não poderia ela ter um lar em Paris?

Atara sonhava em preparar-se para o *baccalauréat* com suas colegas do liceu, mas então sua família seria apagada do registro das boas famílias chassídicas, seus irmãos condenados a maus casamentos, a sequer se casarem... Era egoísta um coração que sonhava em viver a própria vida?

A buzina do táxi soou pelas janelas abertas. As malas das meninas estavam na calçada. Hannah pôs um dedo sobre os lábios e fez um sinal às meninas para segui-la até a sala de estar. Abriu a escura arca de nogueira da Transilvânia, agora vazia exceto por dois jogos de fronhas e lençóis novos. "Se Deus quiser, a arca se encherá, sim, são seus enxovais. Está rindo, Milenka? Dois, três anos passam depressa..."

Hannah beijou as meninas e abençoou a viagem: "*Que Deus as abençoe. Que Ele guarde seus passos...*".

Uma última vez Zalman exortou as meninas a manter a reputação da família e seus antecedentes chassídicos. "*Que Deus as abençoe. Que Ele guarde seus passos...*"

*

O trem chacoalhava rumo ao norte no último trecho da longa viagem. Mila lia seu Livro dos Salmos; Atara olhava pela janela. *Northampton... Leicester... Nottingham...* Nem terras lavradas nem cidade, mas vastas faixas de humildes casas de tijolos, fileira após fileira após fileira de casas pontuadas por pilhas de carvão e altas chaminés. *Doncaster... Newton Aycliffe.* Leah Bloch tinha desafiado Atara; os mais eruditos rabinos lecionavam no seminário, alguns com vasto conhecimento não só em assuntos da Torá, mas em disciplinas terrenas. Se ela se aplicasse, obteria respostas às perguntas que não se atrevera a fazer a Zalman. Era urgente que Atara descobrisse respostas que a deixassem pronta para o casamento com o jovem pio que Zalman encontraria para ela. *Stony Heap... Deaf Hill.* Atara resolveu tentar. Estudaria os textos sagrados com a mesma intensidade que lera os livros seculares. *No Place... Quaking Houses.* Ela mergulharia nos ensinamentos do seminário e talvez os textos sagrados conseguissem fazer sua magia penetrar nela, também; talvez ela parasse de sonhar com o *baccalauréat* e aprendesse a sonhar em preparar refeições para o shabat, de modo que os corações de Zalman e Hannah não se partissem.

O engate dos vagões estalou. O trem se arrastou pela fumaça que chiava e parou sob uma cúpula escura.

Duas moças de saia longa receberam Mila e Atara na plataforma. No táxi, as moças do seminário falaram animadamente sobre a classe do ano que se iniciava, a maior que já houve, quarenta e cinco, abençoado seja o Senhor, quase cem no seminário inteiro, o diretor estava felicíssimo, abençoado seja o Senhor, este ano as moças da P1 também eram especiais.

"Moças da P1?", Atara indagou.

"Professoras 1, para a Escola de Treinamento de Professoras, mas o diploma é concedido apenas se a moça ficar os três anos inteiros." A voz da garota tinha uma nota de pesar.

"Marguit está noiva!", a segunda moça se intrometeu.

Mila e Atara apertaram a mão de Marguit. "*Mazel tov!*"

"Ésti também está noiva!", Marguit disse em tom de provocação.

"*Mazel tov!*"

O táxi parou no meio do quarteirão, diante de uma casa de três andares. As alunas mais velhas explicaram que o seminário compreendia quatro casas contíguas interligadas por corredores. Não, Mila e Atara não compartilhariam o mesmo quarto; todas as P1 eram estimuladas a fazer novas amizades.

*

Seis camas em duas fileiras, uma diante da outra, sob uma lâmpada nua. Um tecido de veludo desbotado verde e vinho forrava seis prateleiras. Ao toque de uma campainha alta, a lâmpada se apagava. A serpentina cor de laranja do aquecedor preso à parede soltava um brilho intenso e escurecia. Na cama do meio da fileira de frente para a janela, Atara puxou o cobertor áspero até o nariz. Ela iria tentar; precisava tentar. Aprenderia a adormecer sem ler — onde poderia esconder um livro e uma lanterna num quarto dividido com outras cinco moças? Ninando a si mesma, teve a sensação de que um trem a sacudia para algum destino mais distante, *tournent roues, tournent roues... tournent... tournent...*

Na casa adjacente, num quarto com duas fileiras de camas uma diante da outra, Mila também se embalava. Confortada com o fervor que sentia nas outras moças sussurrando suas preces noturnas, ela aderiu: *"Miguel à minha direita, Gabriel à minha esquerda, Uriel em frente..."*.

Mila acordou cheia de expectativas. Estava vibrante por pertencer à primeira geração de mulheres chassídicas que estudariam a Escritura. Ansiava por conhecer moças vindas de diferentes caminhos da vida ortodoxa: das comunidades chassídicas e das comunidades *misnagdim*; de famílias lituanas, polonesas e *iekes*; de todo canto da Europa, das duas Américas, da Austrália e da África do Sul — todas de saias longas e blusas de mangas compridas, moças em meio às quais ela seria, até que enfim, normal.

O programa de aulas era: Pentateuco, Profetas, Midrash, Pensamento Judaico, Conduta. Durante a aula de Pentateuco, Mila se perguntou: teria seu pai deparado com esta mesma interpretação? Teria a gematria o encantado assim como a encantou? Para Mila, a gematria parecia oculta, ainda que cerebral, mística, e ainda assim racional, trazendo as palavras hebraicas da Escritura para a linguagem mais universal dos números.

Durante as horas de estudo da tarde, Mila cochichou para Atara: "Você notou? As letras da palavra משיח (Messias) somam 358, que equivale à soma de נחש (cobra)". Mila explicou o comentário: Essa igualdade corroborava que redenção e pecado eram mutuamente excludentes. *Não temas descer ao Egito*, o Senhor diz a Jacó; Jacó precisa *descer* antes de poder erguer uma grande nação. Descer para subir. Redenção *mediante* pecado era um sinal dos tempos messiânicos.

Acima de tudo, Mila ansiava pela terceira refeição do shabat no seminário, quando todas as garotas cantavam e dançavam e rodeavam Shabat, a rainha, para detê-la por um pouquinho mais de tempo. No último brilho do crepúsculo, as moças entoavam saudosamente, *profeta Elias, vem a nós com o Messias*, e Mila se perdia em devaneios: Quem entre elas daria à luz o Messias, filho de Davi, quem em meio às moças daria fim ao sofrimento no mundo?

*

Após todos os anos em que as leituras de Atara as haviam separado, Mila adorava preparar-se para as aulas com Atara, adorava como ela estudava cada página da Mikraot Guedolot, a Bíblia Rabínica Expandida, não só os comentários especificados para estudo. Os professores começaram a chamar Atara para explicar passagens obscuras, e as colegas a consultavam durante as horas de estudo.

No entanto, por mais seriamente que Atara tentasse abraçar o seminário, Mila receava que pudesse não durar. Podia perceber pela rigidez com que ela escutava as aulas dos rabinos que estas não a satisfaziam.

Certa manhã, um professor chamou Atara para resumir um argumento rabínico e Atara ponderou em voz alta sobre o mérito do argumento. O professor esfregou os olhos. Mila mordeu os lábios. A classe silenciou. "Próximo versículo", o professor anunciou.

Num outro dia, Atara levantou a mão e perguntou como Rashi chegara àquela interpretação. "É uma pena você não ser menino!", exclamou o rabino. A classe entendeu que era pena porque os meninos, não as meninas, precisavam ter boa cabeça para estudar a Torá. Então o rabino citou outro trecho de Rashi que dava a mesma leitura e passou para o comentarista seguinte.

"Ele repetiu a interpretação, mas não explicou", Atara cochichou no ouvido de Mila.

O rabino notou o cenho franzido e o cochicho de Atara. "Será possível que você tenha algo a acrescentar a Rashi?", ele perguntou.

A classe caiu na risada.

Mas então o shabat chegou novamente, os cantos, as danças. As moças do seminário que sabiam da voz de Zalman pediram para Atara cantar. Depois de ouvi-la uma vez, pediram que cantasse toda sexta-feira à noite. Os primeiros compassos saíram trêmulos, mas logo as notas se libertaram. Algumas meninas fecharam os olhos. Quando Atara acabou de cantar, as moças se puseram em fila para apertar sua mão. "Que sua força seja firme!" Mila, que reconhecia as modulações de Zalman no cantar de Atara, teve certeza de que ela acharia seu lugar como sua filha e de todas as gerações passadas.

*

Mila e Atara estavam estudando na pequena biblioteca sob a cornija quando a porta se abriu com um estalido. Um cavanhaque cinzento apareceu entre a porta e o batente e retrocedeu. As meninas abafaram o riso. "Eu me pergunto por que ele faz isso",

Atara sussurrou, retornando à Bíblia Rabínica Expandida, mas Mila não conseguiu mais se concentrar, estava cônscia do profundo silêncio em torno delas, de que mais uma vez Atara e ela eram as últimas na casa de estudo após as horas de aulas, quando todas as outras já estavam no quarto preparando-se para o apagar das luzes.

"Atara?..." A voz do rabino não continha mais expectativas calorosas quando ele a chamava em classe.

As palavras que encontrava para formular sua pergunta assustaram Atara. A pergunta poderia começar com: quando a Bíblia nos ordena que matemos bebês e animais, na guerra... Ou: quando Deus ordena que uma criança sofra pelo pecado dos pais... Para Atara, pareciam perguntas boas, com implicações na vida *real*, que poderiam dizer respeito a Mila também, mas o coração de Atara acelerou quando os olhos escuros do rabino pousaram na sua mão levantada; a garganta se contraiu; a voz tremeria e ficaria sufocada como acontecia toda vez que tentava fazer esse tipo de pergunta.

"Nada... desculpe."

Uma mão baixou, enquanto a outra rabiscava *Nuremberg*. Ao ler acerca da defesa de Nuremberg, Atara não precisara de tradução — as palavras eram as mesmas que em iídiche: *Befehl ist Befehl, uma ordem é uma ordem*; eles estavam obedecendo a ordens, disseram os nazistas. Para ela parecia uma boa pergunta, se a pessoa devia sempre obedecer a ordens cegamente, mas o rabi Braunsdorfer poderia contorná-la: "Você está, Deus nos livre, comparando as ordens do Senhor com as ordens de Hitler?".

A caneta de Atara traçou riscos diagonais sobre *Nuremberg*, rabiscou por cima, voltou a riscar — traços curtos de mesmo gras de duplas em tênis? Em duplas, focê fica do seu lado na quadrra. Sô um afobado corre parra o lado do parcerro. Infadir o otrro lado nom compensa: focê dêcha seu lado aberrto e estrraga o chôgo. Quando focê abre um lifrro sagrrado, perrgunta: estou eu entrrando no territôrrio de otra pessoa? Pensa nisso. Boa noite."

O diretor começou a descer as escadas. Atara o viu de branco, em roupa de jogar tênis, correndo atrás da bola do seu lado da quadra...

A despeito da advertência do diretor, ela retornou à biblioteca de teto baixo. Agora, quando abria um livro, as letras ralhavam: "Tsk, tsk... *mãos sujas*! Moisés recebeu a Lei no Sinai e a passou a Josué, que a passou aos Anciãos, que a passaram aos Profetas, que a passaram aos Homens da Grande Assembleia; eles não a passaram a Atara, filha de Hannah".

*

O diretor chamou Mila à sua sala antes do feriado de Pessach.

"Entóm, focês están foltando parra Parris... Focê tem curriossidade no mundo, lá forra?"

Mila protestou. Todo mundo tinha um pouco de curiosidade, às vezes, mas seu desejo mais profundo era casar-se com um filho da Torá e criar uma família judia.

"Bom, muito bom. Entóm nom defe ser amiga de malfeitorres."

Mila aquiesceu.

"Focê quer achudar Atara, sim?"

O coração de Mila bateu mais depressa.

"O que Atara quer? O que ela pensa, quais os planos dela?"

As palavras que Atara teria usado quase saíram da boca de Mila, *Atara quer fazer suas próprias escolhas*, mas em vez disso

Mila sugeriu: "Atara estuda mais intensamente que qualquer outra moça aqui".

O diretor pigarreou. "Está Atara interressada em rapasses?"

"Claro que não!"

"Entóm por que, por que ela nom aceita respostas que som clarras? Focê e todas amigas prrecisam mostrrar Atara dessaprofaçom." Ele sacudiu o dedo em riste. "Ê uma obrrigaçom odiar os pêrrfidos. Mostrram que ela fai perrder focês." Fez uma pausa. "Focê, também, está em perrigo. Reputaçom ê um fasso frrágil, um mofimento em falso o fasso quebrra... o que, o que mais focê tem, pobre ôrfã?" Suas grossas lentes embaralhavam a cor de seus olhos. "Pensa nisto." Levantou-se. "Tenha uma fiachem segurra e um Pessach kosher."

Mila saiu aos tropeções. As perguntas de Atara estavam pondo ambas em apuros. Uma garota chegara a perguntar se Atara vinha de um lar *freier* (de livre-pensadores) e por que ela fora aceita no seminário? Mila, habitualmente gentil, vociferou: "O pai de Atara é o grande erudito da Torá, Zalman Stern, que segue cada édito do Rebbe".

*

Mila e Atara beijaram a mão de Zalman, beijaram e abraçaram Hannah, e as crianças mais novas puxavam suas mangas e saias; beijaram e abraçaram os irmãos. Atara notou Schlomo, que recém completara treze anos e retornara na véspera da yeshiva no exterior. Schlomo permaneceu a certa distância, mordendo o lábio inferior — um garoto bar mitsvá não beija a irmã mesmo após uma longa separação. Atara lhe acenou, desajeitadamente; o garoto enrubesceu e saiu às pressas.

Hannah pressionou a mão contra a parte inferior das costas e soltou um breve gemido. Atara correu com uma cadeira: "Senta, mame, senta!".

Mila correu com um banquinho. "Aqui, tia Hannah, aqui!"

Hannah sentou-se e suspirou aliviada. "Minhas filhas estão em casa."

Atara ergueu o pé inchado de Hannah e o acomodou sobre o banquinho; Mila ergueu o outro pé e fez o mesmo. Hannah sorriu, esticando as pernas. A luz se refletia nas suas apertadas meias de compressão como numa laca metálica.

A parte posterior dos joelhos de Hannah eram dois hematomas, seus pés, triângulos púrpuras. O médico advertira e ameaçara, mas o que eram pressão alta, varizes e exaustão, comparadas com os irmãos dela que nunca voltaram? Sua barriga crescera de novo.

Reclinada na cadeira, Hannah disse: "Agora me contem, minhas meninas eruditas da Torá, o que vocês aprenderam? Contem-me tudo".

Mila virou-se para Atara. "Agora, quando abrimos um Tanach, lemos não só Rashi como Sforno e Ibn Ezra e..."

Hannah deu um salto para agarrar a moeda que um dos pequenos ia enfiando pelo nariz.

Atara saltou mais rápido. "Senta, mame, senta!"

Todo dia, Mila e Atara montavam esquemas e estratégias para que Hannah pudesse descansar a barriga que ia se arredondando. Assumiram a limpeza de Pessach. Desde cedo pela manhã até tarde da noite, caçavam migalhas de pão fermentado. Cantavam enquanto esfregavam os tacos do assoalho e vasculhavam atrás das prateleiras e armários; cantavam canções francesas que provocavam melancolia em Atara pelo liceu e as canções novas do seminário de que Mila mais gostava. Às vezes, Mila corria até Atara e lhe beijava a face — melhores amigas, irmãs para toda a vida. Atara retribuía o beijo, para toda a vida.

Às vezes, Mila saía da harmonia, Atara sustinha a nota, esperando que Mila voltasse a encontrar o tom, mas ela saía correndo da sala.

O que, o que mais focê tem, pobre órfã?

No seminário, onde nenhuma outra moça tinha os pais por perto, ela sentia-se menos órfã, mas o diretor optara por lembrá-la.

Mila debruçou-se sobre o berço do bebê, pressionou a bochecha contra a sua pele macia. Tudo era límpido quando ela olhou dentro de seus olhos grandes, quando lhe fez cócegas sob o queixo e ele gorgolejou extasiado.

"Milenka, o bebê precisa dormir", Hannah chamou.

Ela afastou-se do berço.

E se o Senhor pedisse o bebê? Mila voltou ao berço pé ante pé. O bebê arrulhou, agitando braços e pernas. Mila abraçou os cotovelos e balançou-se de um lado a outro; debruçou-se sobre o berço, beijou as bochechas do bebê, selvagemente, beijou seus dedinhos dos pés. O Senhor não pediria *este* bebê.

Durante os dias intermediários de Pessach, as meninas persuadiram Hannah a acompanhar as crianças ao Jardim de Luxemburgo. Quando Hannah se sentou num banco do parque e virou sua face pálida para o Sol, quando inspirou profundamente, enquanto pétalas de magnólia se espalhavam brancas e rosadas pela relva primaveril, as meninas ficaram eufóricas — ela estava provando a vida, esta vida. Mas a bonança logo cessou. Alguém em algum lugar precisou da atenção da mame, deveres imediatos, exigentes, mais urgentes que a necessidade de repouso. As meninas desabaram do paraíso, despertando para a abrupta pressa de Hannah. Ela agarrou a mão de uma das pequenas e carregou sua barriga pesada para longe do canteiro de magnólias, enquanto outras mães permaneciam sentadas nos bancos do parque.

O retorno ao seminário se aproximava, e Mila foi ficando insegura de si mesma, do significado das coisas; ela mudava de ideia e voltava a mudar. O que o diretor queria que ela fizesse? Atara estaria em perigo?

Primeiro Schlomo partiu para sua yeshiva no exterior, depois as moças se prepararam para partir.

Hannah as chamou para a sala de estar; abriu a escura arca de nogueira e lhes mostrou os finos acolchoados e camisolas brancas, mais bonitas que qualquer camisola que Mila e Atara já tinham vestido. "Se Deus quiser, a arca logo estará cheia." Hannah beijou suas meninas, intimando-as a cuidar de suas reputações. A família inteira estava no terraço quando o táxi virou a esquina. *Que o Senhor as abençoe. Que guarde os seus passos...*

*

A divisão dos alojamentos fora alterada. Agora Mila dividia um quarto com as garotas mais populares do seminário, inclusive duas primas de uma família rica que passara os anos da guerra na Suíça.

Atara dividia o quarto com moças que dedicavam a maior parte do tempo a orações; moças quietas que coravam quando era sua vez de ler um versículo em voz alta; moças que nunca levantavam a mão para fazer uma pergunta.

"Mila, aqui!" Na fila da frente na sala de aula, Zissi e Goldie, as duas primas da Suíça, acenaram e apontaram para a carteira vazia entre elas.

Mila não notou Atara entrando na sala, não notou a surpresa de Atara ao ver que Mila não guardara um lugar para ela. Agora elas se sentariam separadas na classe durante todo o semestre. Era considerado indelicado pedir para trocar de lugar.

Quando soou a campainha do almoço, as vizinhas de Mila a conduziram para o refeitório, onde a instalaram na sua mesa, borbulhando sua admiração pelo intelecto e perspicácia do rabi Braunsdorfer; as moças estavam de acordo, as aulas dele sobre Pensamento Judaico eram as mais inspiradoras.

Mila notou que não havia lugar para Atara na mesa. Quando ela entrou no refeitório, sentiu um aperto no peito. Seria difícil trocar de mesa mais tarde.

Atara achou um lugar nos fundos.

Quando Mila olhou para trás, Atara estava retalhando uma fatia de pão, esmagando as migalhas entre os dedos, transformando as migalhas em bolotas. Mila empurrou a cadeira para trás e se levantou.

"Mas, Mila, você precisa dizer as graças na mesma mesa em que fez a bênção do pão!"

As mãos de Mila agarraram a borda da mesa. Era importante fazer novas amizades. Era imaturo fazer tudo com Atara. Deixou-se cair de novo na cadeira.

Zissi retomou sua história: "Estávamos contando sobre a nossa excursão de Pessach para o lago Léman…".

Mila virou a cabeça. Uma moça P3 estava cochichando no ouvido de Atara, que parou de enrolar bolotas de migalhas e varreu-as para o lado; era proibido desperdiçar pão.

No shabat, Atara foi buscar Mila para seu passeio semanal, mas Mila fora convidada para a casa de um rabino professor, para tomar conta das crianças. As colegas de quarto de Mila lembraram a Atara que era uma boa ação tomar conta dos filhos pequenos dos professores, e também era hábito.

Mila retornou em cima da hora para a Terceira Refeição.

Quando as moças se levantaram para rodear a santidade do shabat, Zissi e Goldie seguraram as mãos de Mila enquanto seu olhar buscava Atara. Quando Mila viu Atara parada junto à porta, seus olhos suplicaram, convidando Atara a entrar na roda, mas a roda foi girando cada vez mais rápido, a cada três passos ela dava um salto, Mila entre Zissi e Goldie.

Atara notou a fita de cabelo de Zissi na cabeça de Mila.

Ela ainda podia ouvir as garotas cantando enquanto subia as escadas para a pequena biblioteca. Abriu a Bíblia Rabínica Expandida. Enquanto o entardecer preenchia a sala, as letras iam ficando borradas e se erguiam da página, saltavam e rodavam. Sua mão apertou o livro aberto. As letras caíram de volta no lugar, Escritura em cima no meio, interpretações de ambos os lados e embaixo.

Começou a ler, mas de novo as letras se remexeram, linhas escritas com diferença de séculos se combinavam e marchavam juntas, circulando seu futuro numa imutável roda de fé — nada de novo podia acontecer, nada desde Moisés no Sinai.

Mas então uma letra escapou e girou em espiral para fora da sala. Logo mais letras começaram a pairar e girar em suas próprias direções. Ela apertou as mãos no livro aberto, mas as letras continuaram se levantando, saltando, desfraldando-se em formas abertas que rodavam, viravam... viravam os poemas proibidos e as fórmulas matemáticas do liceu. Laboratórios, experimentos, destiladores, saias da última moda tremulavam no horizonte em deslumbrantes galáxias... Ah, e julgar gratuitas as obras humanas!

Será que algum dia Zalman permitiria que fosse para a faculdade? Permitiria o *baccalauréat*? Ou mesmo o liceu? Se ela lhe dissesse o quanto se empenhara no seminário?

Então, após o *baccalauréat*, ela proporia estudar... pintura, não, frívolo demais; tampouco literatura, na qual as pessoas faziam escolhas. Certamente não filosofia. Medicina? Se ela pedisse para estudar medicina... uma vida nos moldes de Albert Schweitzer, na África, uma vida dessas valeria a pena, e quando não estivesse na África ajudando a salvar pessoas não seria pecaminoso ganhar a vida...

Falaria com Zalman durante as férias de verão; ela precisava falar.

Em junho a notícia de que o governo de Israel poderia ruir correu pelas salas de aula. Não havia jornais, nem rádio, nem televisão no seminário. As moças discutiam se a implosão da blasfema liderança sionista significava que o Senhor em breve perdoaria os pecados do Povo de Israel, se o Messias estaria chegando, os mortos ressuscitando. Nesse shabat as moças dançaram com fervor especial. Pediram que Atara liderasse um *Eu creio*. Atara cantarolou a melodia, e o salão se encheu com as vozes e anseios das moças: *Eu creio com fé absoluta na vinda do Messias...*

Verão de 1956

De volta a Paris para as férias de verão, as moças dividiram tarefas. Atara assumiu responsabilidade pela sala de estudos de Zalman. Toda manhã, tirava o pó das prateleiras do Talmude da Babilônia e do Talmude de Jerusalém, os livros sagrados que vieram com a família da Transilvânia, e os livros sagrados que Zalman encomendava nas editoras judaicas ao redor do mundo. Ela acharia a hora certa de falar com o pai. Tirava o pó do encosto curvo da poltrona de nogueira, dos sólidos apoios de couro para os braços, dos pés em forma de garras, e sonhava com um dia de aulas na Sorbonne, seguido de um jantar em casa com seus pais e irmãos. Aspirava o leve odor selvagem do estojo de couro malhado contendo o xale de orações e os filactérios de Zalman. Arrumava a pilha da *Der Yid*, a revista semanal americana que divulgava os discursos e éditos do Rebbe.

A página editorial vociferava contra líderes sionistas que falharam em avisar as comunidades húngaras sobre as deportações, contra líderes sionistas que escolhiam colegas para serem salvos, traindo milhões de tementes a Deus que não julgavam adequados para o seu Estado. Era proibido participar da abominação sionista; era proibido alistar-se no exército deles; era proibido votar — o Rebbe de Satmar oferecia quinze dólares em comida para qualquer um que concordasse em não participar das eleições sionistas — seis milhões não tinham sido o bastante?

*

Em agosto, Atara ainda procurava o momento certo de falar com o pai. Todo dia ficava parada do lado de fora de sua sala de leitura, escutando enquanto ele praticava para o serviço dos Grandes Dias Santos, sua voz cantando cheia de graça e equilíbrio... Uma tarde, quando tudo estava quieto do outro lado da porta, encheu-se de coragem e bateu.

"*Nu?*", Zalman respondeu, como sempre em iídiche, os olhos azul-claros erguendo-se de um tomo do Talmude enquanto ela abria a porta.

"Tate?"

"*Nu?*"

"Eu estudei duro... eu tentei..." Sua voz tremeu. "Tate, você permitiria que eu não voltasse ao seminário?"

Os lábios de Zalman abriram-se num sorriso. "Por certo você pode ficar em casa. Eu ainda desconfio dessas novas escolas para moças. Incontáveis gerações de mães judias criaram eruditos da Torá sem mesmo saber ler a Escritura. E a sua ajuda nesta casa seria uma bênção. É claro que você pode ficar em casa."

"Vou ajudar na casa e com as crianças."

"*Nu?*" Zalman ainda sorria.

"Você permitiria — seria aceitável — à noite, quando todo o trabalho estivesse feito... seria aceitável que eu estudasse? Com livros. No meu quarto. Eu não entraria em contato com ninguém."

"Que tipo de livros?"

"Eu estava pensando... tinha esperança — depois de eu casar, é claro —, tinha esperança de estudar medicina para ajudar..."

"Medicina?", Zalman repetiu, incrédulo. "Você acha que não havia *médicos* judeus suficientes na Alemanha? Você *sabe* que é proibido seguir um currículo de estudos seculares?"

"Eu tinha esperança de ajudar a salvar vidas... de..."

Zalman tentou se acalmar. "Você já é quase uma mulher crescida e logo isso vai depender do seu marido, mas, até lá, é minha obrigação protegê-la, mesmo contra a sua vontade. Eu preciso assegurar que você não macule o nome da nossa família e ponha em risco o seu futuro e o futuro dos seus irmãos."

"Tate, eu tentei. Eu não li nenhum livro indevido por mais de um ano."

"Você caiu sob más influências e vai voltar a agir com sensatez, você precisa, ou então vou trancar você neste apartamento até o dia de acompanhá-la para o dossel de matrimônio. E ouça bem: se você não seguir o caminho do seu pai, vai fracassar em tudo que se propuser a fazer. Vai afundar de uma depravação para outra. Vai vagar pelo mundo sem nunca encontrar um lar."

Nas últimas tardes de verão no Jardim de Luxemburgo, enquanto Mila tomava conta das crianças no parquinho, Atara se levantava e dava uma volta no lago, nas trilhas, na cerca do parque. Ajustava os passos com o andar de estranhos, para que eles a levassem a destinos diferentes. O carteiro na sua bicicleta, ela o invejava, invejava suas rodas beijando o cascalho, que ele conhecesse apenas um idioma, apenas um país, invejava seu passado unido ao seu futuro.

Setembro de 1956
P2

"Se você estivesse entre os Grandes de Israel, teria permissão de inquirir sobre a Criação. Mas *nós? Nós?*" Pingos de saliva espirravam da boca do rabi Braunsdorfer, pairavam sobre o tablado e se derramavam sobre a primeira fila. "Indagado sobre perguntas impróprias, o crente responde: Eu me *recuso*! Indagado sobre as assim chamadas contradições no Gênesis, o crente mostra respeito pelo Senhor e retruca: Eu me *recuso* — me recuso a pensar nisso!" Bangue — o punho caiu sobre o atril. Pausa. "Na nossa doce *Toraleh*", a voz reduziu-se a um sussurro, "o Senhor nos dá tudo que necessitamos saber."

Da carteira de Atara na última fila, as aulas fundiam-se uma à outra. O dedo em riste do rabino advertindo sobre "coisas que não devemos perguntar" parecia longínquo.

No ano anterior, Atara aguardara com ansiedade as aulas de história, mas no seminário também as aulas de história eram aulas de fé. Era a falta de fé que trazia pogroms e destruições, e a pessoa que falhasse em relacionar as tragédias judaicas com o pecado provocava mais sofrimento.

Inclinando-se para o lado, Atara podia ver Mila na primeira fila, costas eretas quando acompanhando a aula, costas encurvadas ou queixo erguido quando se perdia em devaneios. Mila achava conforto neste mundo ordenado onde o pecado explicava o sofrimento. Às vezes a cabeça dela se virava, os longos cílios descendo pouco antes de seu olhar encontrar-se com o de Atara. Mila inclinava a cabeça ao fazer anotar assiduamente, a nuca sombreada por cachinhos escapando de seu penteado novo, copiado de Zissi.

Atara começou a faltar às horas de estudo vespertinas. Sumia depois do almoço, quando as moças saíam às carreiras do refeitório. Passava correndo pelo cruzamento da Bewick com a Eyre, que era o mais longe que tinha chegado em seus passeios de shabat com Mila.

Colina acima, um alto mastro soltava uma chama alaranjada. Ela se virou.

A porta de um bar se abriu. Uma silhueta curvada saiu cambaleando, cigarro torto na boca, e balançou diante da traseira de um carro. Fragmentos de uma canção sobre um canário de mina que silenciou se derramaram para o meio-fio. Em outra vida, ela poderia ter sabido o que dizia a canção do canário, poderia ter falado com aquela gente; em sua vida, não podia ser vista falando com um não judeu. Seguiu adiante. A rua terminava diante de uma pilha de entulho. Ela se virou para voltar.

Uma barcaça gemia rio abaixo. Na margem escura, trabalhadores de roupa azul debruçavam-se sobre o fogo em tambores de lata, pequenos infernos no início da noite.

Na High Street, um carro derrapou e salpicou de lama seu casaco.

Ela ouviu as garotas logo que dobrou a esquina na quadra do seminário, ouviu os pés batendo — será que os transeuntes se perguntavam que tipo de vida produzia tanto cantar e dançar? Repetidamente as mesas do refeitório eram empurradas contra as paredes, as cadeiras empilhadas contra as mesas, e Atara suspirava de alívio; ninguém perceberia sua ausência na animação que se seguia à notícia do noivado de uma das moças. No espaço aberto, elas serpenteavam em círculos, algumas viradas para o centro, outras para fora. Zissi, Mila, Goldie dançavam de braços dados.

A colega de estudo de Atara a viu e saiu da roda. "Procurei por você, Graças ao Senhor você está aqui..."

O jeito de falar da garota irritou Atara, as locuções prontas.

"Atara está aqui!", uma voz anunciou.

"Ela vai cantar, Atara vai cantar?"

"Agora não", Atara sussurrou, sem se dirigir a ninguém em particular.

"Atara vai cantar!"

Atara recuou.

Uma moça P3 parada junto à porta censurou Atara: "É um *mitsvá* ficar feliz numa ocasião tão alegre!".

Atara queria silenciar a cantoria; queria falar, em alto e bom som, para que todas as moças ouvissem; queria partilhar com elas que na biblioteca de Paris ela tinha lido que os nazistas poderiam ter sido derrotados muito antes se forças tivessem se unido, mas líderes religiosos, receando a assimilação, optaram por se organizar *contra* os bolcheviques que estavam combatendo os nazistas, optaram por não se unir com judeus menos religiosos ou seculares. A boca de Atara se abriu, mas o que saiu foi um som parecido com o balir de uma ovelha. Tapou os ouvidos com a mão, para bloquear os balidos que ecoavam. Saiu aos tropeções.

Toda manhã, ela acordava para viver o mesmo impasse. Poderia casar-se com um chassid que esperava uma esposa chassídica para levar uma vida ortodoxa? Poderia criar filhos que, por sua vez, seriam proibidos de ler livros seculares?

Subindo as escadas para a sala de aula, suas pernas doíam. Sentada diante da Bíblia Rabínica Expandida, a cabeça coçava.

Não era melhor *escolher* a morte e morrer de uma vez?

Março de 1957

Mila e Atara já estavam no seminário havia um ano e meio quando o diretor chamou Atara à sua sala. Zalman escrevera uma carta — Hannah estava tendo uma gravidez difícil e o médico prescrevera repouso no leito. Zalman pediu a uma das meninas que voltasse para casa. O diretor pensou que Atara deveria ir. Que Mila usufruísse um pouco mais dos ensinamentos do seminário uma vez que seu P2 poderia vir a ser reduzido... houvera consultas...

"Ela vai ficar noiva?"

"Shh... apenas consultas. Você não deve perturbar a paz de espírito de Mila."

Atara estava arrumando as malas quando Mila entrou correndo.

"Tia Hannah não está bem? Eu vou com você. Vou sim!"

As moças embarcaram no trem para Londres, examinaram as filas de assentos forrados gastos, espremeram as malas pesadas numa fila vazia, sentaram-se na fila de trás.

"Você acha que tia Hannah está muito doente?", Mila perguntou.

"Não, deve ser como meu pai escreveu, ela está tendo uma gravidez difícil e ele precisa de ajuda com as crianças e com a cozinha. Se fosse sério, teria pedido que nós duas voltássemos. Não tenha medo."

"Então por que você está tão aborrecida?"

"Não estou... eu... Mila, você se sente pronta para casar?"

Mila ergueu o ombro e deixou cair; sorriu; empurrou a franja para o lado.

"*Eu* não me sinto nada, nada pronta", Atara disse.

As moças olharam para a paisagem que se desenrolava, a fileira de casas, torres de minas, mais uma vez dolorosamente cônscias da distância entre ambas. *Deaf Hill, Stony Heap...* O que acontecera? *Newton Aycliffe, Doncaster...* Permaneceram em silêncio.

Desembarcaram em Londres e foram da estação de King's Cross para a de Charing Cross, onde aguardaram o trem para Dover. Na área de espera lotada, os jornais estalavam enquanto as páginas se abriam e dobravam.

Uma manchete chamou a atenção de Atara:

OFICIAL SIONISTA BALEADO
Colaborou com Eichmann

Atara tinha familiaridade com as investidas fulminantes do Rebbe contra os sionistas, mas esse era um jornal secular. Cutucou Mila. "Olhe!"

Mila deu de ombros. "O que você espera? Os sionistas não têm moral."

Atara adiantou-se na direção da banca de revistas. Fitou a foto em preto e branco sob *Colaborou com Eichmann*: vagões de portas abertas, pessoas subindo e descendo, outras paradas ao redor; alguns em trajes chassídicos.

Remexeu a bolsa em busca de moedas. Olhou para a direita e para a esquerda para se certificar de que ninguém do mundo de seu pai ou do mundo do seminário estava ali para vê-la.

"Você está comprando um jornal gói?", Mila perguntou, alarmada.

Arrastando a mala pesada, Mila marchou rumo ao trem que ia parando na estação. "Não vou sentar ao seu lado se você vai ler isso aí", disse quando Atara a alcançou.

Atara arrastou a bagagem pelo estreito corredor central do vagão-leito, agradeceu ao homem que a ajudou a erguer a mala até o bagageiro, tomou um assento. Mais uma vez, examinou a fotografia.

Trem Kasztner, Budapeste, 30 de junho de 1944, dizia a legenda.

Ela começou a ler. Um agente da Missão de Salvamento Sionista na Hungria, Rezsö Kasztner, fora acusado de colaboração. Um longo julgamento em Israel trouxe à tona relatos conflitantes. Kasztner considerava-se um herói por ter tido a audácia de negociar com Eichmann na Budapeste ocupada pelos nazistas, tendo salvado o máximo que pôde; mas o tribunal concluiu que ele obteve salvo-conduto para alguns poucos, concordando em fazer com que o restante não resistisse às deportações.

Testemunhas que perderam suas famílias em Auschwitz depuseram dizendo que o pessoal de Kasztner fazia circular falsos cartões-postais de Kenyérmezö — o celeiro da Hungria: *Estamos nos reassentando. Há comida, trabalho...* Aqueles que ouviam falar dos postais pensavam: por que fugir e colocar a vida de alguém em perigo? E embarcavam nos vagões de gado.

Outros testemunharam que Kasztner enviara *halutzim*, pioneiros sionistas, para advertir as comunidades húngaras, mas as pessoas não escutavam. Uma mulher recordou que na cidade de Szatmár o rabino, Joel Teitelbaum, ameaçou excomungar o jovem sionista que tentasse advertir sua congregação.

Atara fez uma pausa. Era uma sensação esquisita ver o nome do Rebbe num jornal secular, um diário de circulação nacional. Observou a foto novamente e de súbito se deu conta de onde já vira a imagem antes: nos incontáveis relatos do sonho de Mila.

Vagões abertos com judeus dentro.

Atara levantou-se num salto, ansiosa para confirmar a versão de Mila da morte de sua mãe: houvera um trem com vagões abertos na Hungria, na primavera de 44. Ela parou — a legenda sob a foto mencionava Budapeste, mas os pais de Mila estavam fugindo das deportações de Kolozvár. E o Rebbe vivia em Szatmár. Ela precisava de mais informações antes de despertar as memórias de Mila, precisava ter certeza, precisava do itinerário do trem e da data que partira, precisava de uma lista de passageiros...

Em Dover, captou as manchetes num carrinho de jornais:

KASZTNER EM CONDIÇÃO CRÍTICA
O CASO KASZTNER

Saiu correndo e comprou mais dois jornais. Mais uma vez, viu menção ao *satmarer* Rebbe. Os *prominenten*, as pessoas que Kasztner salvara, não vieram testemunhar em seu favor durante o julgamento de dezoito meses; não quiseram ser identificadas como devendo suas vidas a ele.

Kasztner pediu o testemunho do grão-rabino Joel Teitelbaum, o Rebbe dos chassidim de Satmar, mas este recusou.

"Não foi Kasztner quem salvou minha vida, foi Deus", disse o Rebbe de Satmar.

Ele estava no trem de Kasztner! Mais uma vez, Atara quis correr para Mila, mas ela ficaria zangada se Atara sugerisse que o Rebbe estava ligado à empreitada sionista. Ela precisava de mais informações. Seguiu lendo.

O jornal narrava o veredito do juiz: Kasztner *vendera sua alma ao diabo* ao sacrificar os judeus húngaros por alguns poucos escolhidos.

Um editorial assinalava que as negociações de Kasztner espelhavam a postura de muitos líderes judeus que concordavam com a distinção nazista entre judeus de elite e as massas — uma concordância especialmente problemática na Hungria, onde líderes judeus sabiam para onde iam os vagões de gado; em abril de 1944, dois fugitivos de Auschwitz, Rudolf Vrba e Alfred Wetzler, haviam informado aos líderes húngaros em detalhes acerca dos fornos crematórios.

Atara parou de ler. Teria o Rebbe de Szatmár sido informado? Teria avisado sua comunidade antes de fugir? Ela correu os olhos pelas letras miúdas buscando *Joel Teitelbaum, Szatmár, Satmar*, satmarer Rebbe...

Um primeiro contingente, 388 judeus eleitos de dezoito mil no gueto de Cluj (Kolozvár), na Transilvânia...

Kolozvár, cidade natal de Mila.

Se o Rebbe fazia parte do contingente de Kolozvár, então a mãe de Mila poderia tê-lo visto.

Embarcando na balsa para Calais, Atara gastou suas últimas moedas numa revista.

O contingente vindo de Cluj chegou a Budapeste em 10 de junho de 1944 e foi posto num campo guardado, privilegiado, no pátio do Instituto Wechselmann para Surdos, na rua Columbus.

Dez de junho de 1944 foi um dia de shabat. O Rebbe dos chassidim de Satmar, Joel Teitelbaum, não carregaria seu xale de orações e filactérios da estação ferroviária até a rua Columbus.

O Rebbe estava no contingente que saiu de Kolozvár.

Atara levantou-se. Queria pedir desculpas por ter duvidado da história que Mila tanto precisara que ela acreditasse, sobre a mãe dela correndo para o Rebbe...

Num banco na cabine de passageiros da balsa, Mila lia *Vidas dos nossos santos* rebbes. Ergueu os olhos quando Atara chamou seu nome, e franziu a testa ao ver o pacote de jornais nas mãos dela. Nesse exato momento o alto-falante anunciou que os passageiros deviam juntar seus pertences e preparar-se para a alfândega. Pelas grandes janelas da cabine, Atara viu os marinheiros já atracando a balsa no cais. Ela teria de esperar até terem passado pela alfândega antes de falar com Mila.

Segurando seus vistos de apátridas em vez de passaportes, as moças se dirigiram para o funcionário da alfândega. O coração de Atara palpitou, como sempre acontecia nas travessias de fronteiras, mas outros pensamentos a distraíram — pensamentos de quanto significaria para Mila que as circunstâncias de um trem especial, as circunstâncias da morte de sua mãe, podiam ser validadas. Também pensou em como essa nova informação poderia afetar sua relação com Mila. Talvez, quando ela soubesse que o Rebbe devia sua vida a uma empreitada sionista, ao próprio sionista que negociara com Eichmann, poderia entender algumas das dúvidas de Atara, poderia começar a questionar a infalibilidade do Rebbe.

Na viagem de Calais a Paris, na intimidade de um compartimento só para as duas, Atara sentou-se junto a Mila e pegou sua mão. Mostrou-lhe a fotografia dos vagões abertos. Desculpou-se por não acreditar na versão dela sobre a morte da mãe.

Mila olhou a fotografia.

"Era um trem especial", explicou Atara, "é por isso que portas estavam abertas. Era um trem de *prominenten* e o Rebbe estava nele e o primeiro contingente partiu de Kolozvár..."

"Kolozvár?" A voz de Mila tremeu ao proferir o nome de sua cidade natal. "Mas o Rebbe vivia em Szatmár, não em Kolozvár."

Atara contou a Mila o que havia lido sobre a fuga do Rebbe: ele fugira de Szatmár em segredo, no meio da noite, mas foi pego antes de chegar à Romênia e levado para o gueto de Kolozvár, onde ouviu falar do trem sionista de *prominenten*.

"O Rebbe jamais trataria com um sionista", Mila disse terminantemente. "E ele foi deportado."

"Ele *não* foi deportado."

"Para Bergen-Belsen."

"Você ouviu falar de judeus comuns deportados viajando de Bergen-Belsen para a Suíça *durante* a guerra? O Rebbe passou cinco meses em Bergen-Belsen porque as negociações de Kasztner foram complicadas, mas todas as pessoas no trem de Kasztner eram *Judeus de Troca*. Isso significa que tinham comida suficiente. Não trabalhavam. As famílias não foram separadas. Mesmo bebês recém-nascidos sobreviveram, e velhos também. O Rebbe não foi deportado."

"Para Bergen-Belsen..." Mila disse num tom que mal se ouvia. Então: "E esse trem especial parou onde meus pais estavam escondidos?".

"Não sei por que parou, mas é como você sempre disse: você viu o Rebbe."

"E se eu não vi? E se eu pensei que o reconheci, mas não era ele?"

"Sua mãe o viu. Você disse que ela gritou 'Rebbe!' quando saiu correndo."

Mila afundou sob o peso da tragédia retornando a ela. Seus olhos se fecharam. Como que articulando uma dúvida inominável, sussurrou: "Mas se o Rebbe pôde parar o trem na frente do nosso esconderijo, por que não pôde nos salvar?".

Atara não teve coragem de contar a Mila que, quando o Rebbe embarcou no trem de Kasztner, ele já decidira deixar a família dela para trás. "Você disse que outros trens também reduziam a velocidade perto da curva. Não foi o Rebbe que parou o trem."

"Mas quando a minha mãe saiu correndo ela estava tentando salvá-lo ou tinha esperança que ele nos salvasse?"

"Ela tinha esperança provavelmente. Seus pais devem ter ficado sabendo do trem de Kasztner, todo mundo no gueto sabia, todo mundo tentou..." Atara parou. Receava que, se Mila soubesse os detalhes da fuga do Rebbe, então poderia desconsiderar a informação também, como parte dos questionamentos de Atara. Pensou que deveria criar um contato direto entre Mila e essa informação nova. Guardou para si os fatos e sentimentos que corriam dentro de si e os envolveu todos num único pedido direto: "Mila, há mapas, horários de trens. Há relatos de testemunhas. Podemos descobrir cada detalhe sobre o trem de Kasztner e a fuga do Rebbe. Podemos descobrir a data exata em que o trem partiu de Kolozvár e traçar seu itinerário, podemos descobrir o que as pessoas no trem de Kasztner sabiam sobre o destino do resto da comunidade. Mila, você virá comigo até a biblioteca?".

"A *biblioteca*?"

"Para descobrir o que aconteceu, o que aconteceu na *sua* vida."

Mila ficou em silêncio, mas não recusou.

Na noite em que chegaram a Paris, a ideia de poderem ir juntas até a biblioteca pairava entre as moças. Atara, animada, tirou o rádio transístor que guardava escondido na prateleira superior do armário, um minúsculo aparelho que havia trocado com uma ex-colega de classe no último ano do liceu. Ouvidos grudados no chiado do alto-falante, cabelos entrelaçados no mesmo travesseiro, as garotas escutaram as notícias do caso Kasztner. A condição dele havia piorado. As moças pensaram no homem morrendo. Teria um judeu realmente colaborado com os nazistas? Teria o Rebbe embarcado num trem especial negociado por um sionista? Para as moças, as duas perguntas pareciam igualmente inconcebíveis.

Não desligaram o rádio após o noticiário. Canções francesas vieram uma após a outra, e logo as duas flutuavam em ritmos em que não judeus e judeus palpitavam com os mesmos anseios, rapaz e moça andando de mãos dadas sem nunca se soltar...

No dia seguinte, quando acordaram, Atara lembrou a Mila da pesquisa que precisavam fazer. Mila assentiu solenemente. Pela manhã as duas limparam o apartamento. Depois do almoço, Hannah as incentivou a ir ao Jardim de Luxemburgo para um último passeio despreocupado antes de as crianças — que haviam sido distribuídas entre famílias ortodoxas quando Hannah recebeu a recomendação de repouso — virem para casa.

Atara mencionou a biblioteca tão logo as duas saíram. Mais uma vez, Mila assentiu, mas ao chegarem a Rue Soufflot, que levava à Bibliothèque Sainte-Geneviève, Mila encaixou o braço no cotovelo de Atara e a conduziu na direção do Jardim.

Pela primeira vez em anos as moças entraram no jardim sem as crianças. Sentiram-se frívolas, ligeiramente culpadas, passeando pela alameda de nogueiras, apenas as duas. O fim do inverno estava no ar. Debruçaram-se sobre a balaustrada com vista para o lago. Pombos se aqueciam aos raios mornos, as penas infladas em torno dos pequenos pescoços. O relógio do Senado bateu as horas e ambas desejaram que pudesse ser sempre assim, só as duas, juntas, assistindo à mudança das estações.

Depois do último toque do carrilhão, Atara disse: "Não há ninguém em Paris, ninguém em toda a França, cujo pedigree seja bom o suficiente para Zalman Stern. Nós seremos casadas longe de Paris...".

"Ninguém nos casará sem o nosso consentimento."

"Mas a nossa *única* opção é consentir. Mila... se nós tivéssemos bastante coragem... se eu preparasse o *baccalauréat* e fosse para a faculdade, você..."

"Coragem de ir para a faculdade? Coragem é permanecer judia."

"Mas se eu fosse para a faculdade e meu pai me deserdasse eu perderia você, também?"

Mila deu um passo à frente na direção das grandes touceiras de plantas que jardineiros de macacões azuis vinham trazendo da *orangerie*. Leu os rótulos em voz alta: "*Palmier-dattier, Laurier-rose, Grenadier...*". Virou-se para Atara. "Quando meus pais viverem de novo, quero que eles me reconheçam como judia. Quero que reconheçam meus filhos. Quero que reconheçam os *seus* filhos."

"E se os seus pais não... e se o Messias não chegar no nosso tempo de vida?"

"*Aneini! Responda-me!*" Mila clamou para o céu e seus braços se levantaram enquanto ela girava nas pontas dos pés em frente ao um canteiro de tulipas azuis, brancas, vermelhas, as cores da França projetando longas sombras sobre a grama recém-plantada. "O Messias virá e nós voaremos para Jerusalém..."

Jardineiros empurrando carrinhos de mão com vasos de plantas viraram suas cabeças e assobiaram. A barra de saia de Mila cobria seus joelhos, sua blusa de mangas compridas estava abotoada até o pescoço, mas ela ficava graciosa girando, com a cintura fina e estatura elevada. As duas deram os braços. Saltitaram sob as nogueiras, saindo do Jardim de Luxemburgo; saltitaram sobre a calçada da Rue Servandoni, atravessando o bulevar Saint-Germain, ao longo da Rue de Seine. No meio da Pont des

Arts, debruçaram-se sobre a amurada da ponte e estenderam as palmas das mãos sentindo as primeiras gotas de chuva. O céu desabou e elas rodopiaram como faziam quando crianças, braços esticados para os lados enquanto as línguas buscavam os lábios para sentir o sabor das nuvens. Os postes de luz eram estrelas que piscavam... Atara voou sobre o rio e telhados, acima de todas as fronteiras que o mundo traçava à sua volta. Mila rodopiou ainda mais rápido, até deixar-se cair no chão, tonta demais para responder aos chamados de Atara. Quando os olhos dela se abriram, estavam cheios, não com a embriaguez de Atara, mas com pedidos de desculpa — por ter sobrevivido, por estar viva. Atara passou os dedos por entre os cabelos despenteados dela, penteando-o na direção que esperava que pudesse ainda ser a de uma fuga.

No quai de la Mégisserie, os lojistas carregavam para dentro gaiolas repletas de gorjeios; persianas se fechavam. Era tarde. Iriam à biblioteca amanhã. As meninas começaram a correr.

Chegaram em casa, bochechas coradas como na infância. Entrando pé ante pé, depararam com Hannah e Zalman sentados na sala de estar, esperando por elas, mas em vez de perguntar onde haviam estado e por que pareciam tão eufóricas eles sorriram, recebendo-as calorosamente.

"Vão, depressa, vão se secar, senão pegam um resfriado", disse Hannah. "Voltem aqui quando terminarem." Mais uma vez, ela sorriu. "Temos algo para lhes contar."

Quando as moças retornaram com toalhas em volta do cabelo, foi Zalman quem falou primeiro. "Estamos longe da congregação do Rebbe, mas a sua linhagem, Blímele, e a boa reputação da nossa casa fazem de você um partido louvável. O telefone tem tocado, ligações da América..."

O sorriso de Hannah ficou mais largo. "Comentários sobre a sua beleza também parecem ter se espalhado. Insistimos em dizer que você é jovem, mas hoje recebemos um telefonema que fez com que nós dois passássemos a tarde toda conversando."

"Um estudioso da Torá, um favorito na congregação do Rebbe."

"Bem apessoado, pelo que soubemos."

"Com certeza você se lembra de Josef Lichtenstein?"

Mila segurou a respiração.

"Durante anos, nosso Josef estava imerso demais em estudos para considerar o casamento", prosseguiu Zalman, "mas alguém mencionou você, que você estava ficando adulta... Parece que agora ele tem tempo suficiente." Zalman hesitou um momento e estão disse: "Josef Lichtenstein passou sete anos numa fazenda não judia, chamando uma não judia de *mãe*". Zalman respirou fundo. "Blímele, falo com você como filha: se a criação deste jovem — pela qual ele não tem nenhuma responsabilidade, se você tiver a mais ligeira apreensão em relação a ele, não precisa concordar em encontrá-lo, mas toda *informatsieh* é boa. Os mestres o elogiam, e o mesmo ocorre com seus parceiros de estudo e com toda família com quem ele passa o shabat. Sim, o mérito dos pais recai sobre os filhos, a alma do santo *reb* Elimelech Lichtenstein tem tomado conta do nosso Josef. Devo acrescentar, Blímele, que seus pais, que descansem em paz, se sentiriam honrados em acertar um casamento com o sobrinho-neto do santo *reb* Elimelech Lichtenstein."

Nessa noite, Mila estava inquieta demais para se deitar. Andando de um lado a outro entre as camas de metal gêmeas, falou sobre Josef, o implausível, mistificador Josef — o corajoso garoto da fazenda que também era judeu chassídico. Com humor, depois com seriedade crescente, suas palavras teceram sua vida com a de Josef; casar-se com ele significaria a culminação de suas infâncias dilaceradas e reconstruídas; os filhos deles seriam o triunfo do mundo de seus pais sobre aqueles que haviam se disposto a destruí-lo.

Atara queria partilhar da empolgação de Mila. Lembrava-se de ter gostado do garoto, e Josef seria diferente de Zalman, mas seria agora inevitável que ela viesse a perder Mila?

Os sinos próximos da igreja de Saint-Paul tocaram, cada toque era pesado, solitário. Mila suspirou. "Se eu nunca mais ouvisse esses sinos..."

"Nós sempre soubemos que um casamento aprovado pelos nossos pais significaria desistir de Paris e de seus sinos."

"Não é coincidência eu ficar sabendo disto justo no dia que estava tão perto de ir à biblioteca. É como se Josef estivesse me salvando de novo."

"Da *biblioteca*? Josef está salvando você da *biblioteca*?"

"Eu não preciso ir pesquisar. Eu sei: o Rebbe precisava se salvar para poder salvar o judaísmo."

"Sim, deve haver um texto sagrado, em algum lugar, dizendo que não há problema em abandonar a sua comunidade se você acredita que está salvando o judaísmo", Atara disse com crescente desânimo.

"O Rebbe tinha de viver. Quem sabe que sofrimentos piores suas preces evitaram."

"Se o Rebbe embarcou naquele trem pensando que estava salvando o judaísmo, ele fez exatamente o que o irrita tanto em relação ao fato de os sionistas escolherem jovens pioneiros para salvar a visão *deles* dos judeus. No final, os sionistas salvaram seu arqui-inimigo, o Rebbe de Szatmár, ao passo que ele salvou a si mesmo, sua esposa..."

"Eu não estou escutando. O Rebbe fez o que *HaShem* lhe disse para fazer."

"E não a incomoda ele ter aconselhado seus avós a rasgar seus Certificados da Palestina? Que ele tenha fugido com ajuda de um sionista?"

Ambas pensaram nos Certificados da Palestina que os avós de Mila tinham obtido antes da guerra e que rasgaram após pedir o conselho do Rebbe — uma história que Zalman contara inúmeras vezes para que Mila se orgulhasse da sua linhagem, de seus avós mortos nas câmaras de gás em Auschwitz.

"Isso foi antes da guerra", Mila disse, tremendo. "Ele deu esse conselho antes da guerra."

"Conselho terrível. E também expulsou da congregação todos que tivessem qualquer contato com os sionistas e então, quando era tarde demais para os outros..."

"Atara, você está realmente se tornando uma *apikores*. Não estou escutando."

"... ele salvou a si mesmo. Não ocorreu a ele perguntar por que os alemães deixariam sair esse trem de judeus eleitos? E se não lhe ocorreu, ainda assim ele deveria decidir por nós..."

"Foi a vontade de Deus que fez o Rebbe viver."

Atara jogou seu pequeno rádio no chão.

Mila fitou, de boca aberta, a caixinha de plástico quebrada, o botão rolando para debaixo da cama.

"E será a vontade de Deus e a vontade do Rebbe que você deixe a *mim* para trás?", Atara perguntou.

"O Rebbe não é responsável pelo que os nazistas fizeram", sussurrou Mila.

Os olhos de Atara se encheram de lágrimas. "É claro que o Rebbe não é responsável pelo que os nazistas fizeram. E nem os sionistas. Ele se comportou como outras pessoas que queriam desesperadamente viver, e nós podemos viver, também. Não precisamos pedir ao Rebbe nem a ninguém. Mila, se eu fosse para a faculdade e meu pai me declarasse morta, você não voltaria a me ver?"

"Você não vai fazer isso. Você não pode fazer isso com os seus pais. Você não pode fazer isso comigo." Mila começou suas preces noturnas, após as quais não era mais permitido falar: *"Miguel está à minha direita, Gabriel à minha esquerda..."*.

*

Mila e Josef não tinham se visto por dez anos. Ocasionalmente, visitantes de Williamsburg traziam notícias: o órfão resgatado cantara em seu bar mitsvá como um verdadeiro chassid; o menino órfão morava na yeshiva num quarto com sete outros garotos e passava os dias de shabat com famílias de Williamsburg. O narrador da história não sabia se era bom ou mau sinal, mas um cão ameaçador entrou certa vez no pátio da yeshiva e Josef, para assombro de todos que assistiam, soube como acalmar o animal impuro.

Com exceção dessas notícias episódicas, só haviam sobrado a Mila suas memórias evanescentes.

Tivesse Josef ficado com os Stern, tivessem Mila e ele sido criados como irmão e irmã, tivesse ele feito o que fazem outros rapazes de yeshiva — confiado em que um casamento com uma moça que ele nunca conhecera lhe seria arranjado... Em vez disso, Josef esperou pela menininha que ele salvara quando criança, pela linda Mila Heller que adorava Paris, mas que consideraria juntar-se à congregação do Rebbe em Williamsburg, nos Estados Unidos.

※

Mila e Josef sentaram frente a frente — ela, dezessete anos, recatada, mas elegante em um conjunto de tafetá azul e estatura elevada; ele, vinte e dois, a face não mais cor de mel, mas pálida por permanecer no interior da yeshiva sob um chapéu preto de aba larga.

A porta da sala de jantar ficou entreaberta, homens e mulheres não casados não devem ficar a sós.

Ao contrário dos olhos evasivos dos outros rapazes de yeshiva, o olhar de Josef era direto.

Sua voz era muito mais profunda do que ela se lembrava. "*Mila Heller...*"

"Anghel?..."

Ele piscou. "Josef."

Ela corou. "É claro! Ficamos tão orgulhosos quando chegou a primeira carta: *Josef Lichtenstein já é bar mitsvá e leu sua haftora como um verdadeiro chassid.*"

Os olhos dela tinham o azul primaveril do buquê que ele colocara aos pés do pequeno santuário atrás da horta, lá longe, quando rezou para que a menininha, Mila Heller, chegasse a salvo à casa de Zalman Stern. Ele piscou afastando o santuário.

"Sim, eu sabia minha *haftora* de cor. Estudamos durante toda a travessia. *Reb* Halberstamm me ensinou o significado dos versículos e o que eles implicam além do significado."

A última sentença a impressionou, intensa como ela se lembrava dele.

"E Williamsburg?", ela indagou.

"Há gente lá que se lembra dos meus pais, e há gente que se lembra dos *seus* pais: o brilhante erudito Gershon Heller, a linda Rachel Landau, que descansem em paz."

Os olhos de Mila se encheram de lágrimas. Além dos Stern, ninguém em Paris poderia ter mencionado seus pais.

Eles sabiam tudo que precisavam saber um do outro num cortejar chassídico: Blímele, filha de Rachel, filha de Haye Esther; Josef, filho de Yekutiel, filho de Mendel Wolf. E sabiam também particularidades que não deveriam ter sabido — ele, o cheiro do cabelo dela coberto de terra preta; ela, o gosto das lágrimas dele.

Desceram os olhos para a toalha de mesa marfim que Hannah bordara no estilo de antigamente; olharam para baixo e então, rapidamente, olharam um para o outro. Sabiam que teriam toda uma vida para contar-se mutuamente a ciranda de histórias que os levara àquela mesa, *b'shert*, *predestinada*, entre as gerações.

A porta de entrada fechou-se atrás de Josef.
"Eu acho que é sim!", exclamou Hannah. *"B'shert, é b'shert!"* Hannah pegou Mila pela cintura e valsou com ela em torno da mesa de jantar. *"Yadidadidam!"*
"Tia Hannah, o médico mandou repousar!"
Elas deslizaram pelo hall de entrada. Pararam diante da sala de leitura de Zalman. *"Mazel tov!"*, Hannah exclamou.
As mãos de Zalman se juntaram enquanto ele se levantava. Estava radiante. Não precisava mais ter medo, não de que sua filha não se casasse na congregação do Rebbe. *"Mazel tov!"*

Mila e Josef se encontraram mais duas vezes antes do casamento, mas não sozinhos. Da primeira vez, Josef trouxe para ela o broche de sua mãe e um modesto anel de noivado. Mila prendeu o broche na gola do conjunto, perto do coração. Da segunda vez, trouxe duas caixas de presente, uma branca, achatada, amarrada com um laço púrpura; a outra púrpura, amarrada com um laço branco. Mila puxou o primeiro laço, desembrulhou o frágil papel de arroz, revelando uma estola da seda. Ela afagou as listras pérola e lavanda, mas não aproximou o tecido de sua face com medo de que pudesse parecer pouco recatado. Puxou o laço branco, tocou a flor pintada à mão do frasco de perfume azul-escuro, e com sua leve cadência húngara leu o rótulo: "*Anémone des bois*".

Josef recostou-se para trás e permaneceu um pouco encurvado, casaco fechado, para ocultar sua *amá* crescendo em honra a Mila e *HaShem*.

Após o noivado, Hannah anunciou que uma noiva necessitava de um quarto só seu. Mila protestou. Como a maioria das moças chassídicas, ela nada sabia das inspeções íntimas que precedem a noite de núpcias dos judeus ortodoxos, mas depois de ter começado as aulas de noiva particulares, Mila mudou-se para a sala de estar. Atara vinha visitá-la toda noite. Penteava o cabelo dela, as cerdas farfalhando sobre as ondas e mechas, o longo cabelo que Mila e Atara sabiam que em breve estaria amontoado em cachos dentro de um cesto de lixo, o longo cabelo que Josef jamais tocaria. Seus olhares encontravam-se no espelho.

Mais uma vez, Mila desfez as dobras do frágil papel de arroz que envolvia os presentes de Josef. Alisou a estola de seda. "Vou usá-la todo mês para que ele saiba quando estou permitida", disse ela uma noite.

"Permitida?", Atara perguntou, e não esperou pela resposta. Não queria saber, não queria nada daquilo que logo entendeu ser a contagem dos dias de sangue e dias limpos de Mila, uma contagem que ela dera entrada num novo caderno onde escrevera o título, com sua caligrafia cursiva, arredondada e cheia de curvas: *Livro dos Dias de Mila — Particular.*

*

Os homens acompanharam o noivo ao dossel cantando uma marcha jubilosa: *"Havia um rei entre os justos..."*. Zalman virou seu rosto para o corredor central, para esperar a noiva, e os convidados viraram-se com ele. Cantarolou a melodia que havia cantarolado no casamento de seu parceiro de estudos, Gershon Heller, tanto tempo atrás, na Transilvânia, *Bilvovi mishkan evneh* (Em meu coração construirei um templo), cantarolou até a filha de Gershon aparecer, um esplendor branco segurando um buquê claro nas mãos unidas.

Mila não podia ver onde estava pisando, sob o espesso véu que cobria sua face, mas Hannah e a sra. Halberstamm a guiavam. Quando o pé dela tocou o dossel, Zalman trovoou: "Abençoada aquela que vem!", e, ao compasso da voz que fora considerada a mais bela a leste de Viena, Mila circundou Josef sete vezes, pelos sete céus, os sete dias da criação, as sete voltas da tira dos filactérios; assim como o homem se ata a Deus, Mila atar-se-ia a Josef.

Josef fez deslizar uma tira matrimonial no dedo de Mila. E pronunciou o antigo voto: *"Harei at mekudeshet li b'taba'at zo kedat Mosheh v'Ysroel"*. (Eis que me és consagrada por meio deste anel de acordo com a Lei de Moisés e Israel.)

Hannah ergueu o véu da face de Mila.

Não havia parentes consanguíneos de nenhum dos lados para participar do matrimônio.

Braços dados, olhos brilhando, noiva e noivo desceram de sob o dossel.

Em correntes serpenteantes, os homens teceram seus passos do lado dos homens, as mulheres do lado das mulheres. A dança continuou noite adentro, até que um sinal de Zalman indicou que era hora de encerrar as festividades. Qual era a justeza de tanta alegria se o Templo estava destruído, se a divina presença estava no exílio?

*

Mila estava deitada no escuro, silêncio e santidade.

Ela imaginou seu longo cabelo, cortado para esta noite, juntando-se dentro de seu livro de orações, dentro da mesinha de cabeceira, da mesma maneira que os cachos de Anghel tinham se juntado sobre os jornais dez anos antes.

Agora Josef estava parado junto à cama, balançando em oração.

Ela ficou surpresa de se encontrar dentro da Lei, e no entanto sozinha com ele.

Ele se inclinou sobre ela, beijou sua face.

Entre seus corpos, o longo camisolão dele, alguns centímetros remanescentes de escuridão, sua camisola, que ele agora erguia.

Ela a segurou como flores, com medo de esmagá-la, com medo de que sua respiração pudesse levá-la embora.

Possa nossa união ser em santidade... Possam nossos filhos...

Ela sentiu sua rigidez buscando nela o lugar que ela mal conhecia, até aprender a examiná-lo em preparação para esta noite.

Ela arfou quando ele pressionou para dentro dela. Ele parou — estaria fazendo algo errado? Tinha pretendido pensar em assuntos da Torá, conforme aconselhavam os sábios, mas todo seu ser arqueava-se na direção dela.

Ele sentiu o puxão dela, e pressionou mais forte.

Mais uma vez, ela arfou.

Sua semente nela, sua semente como nos sonhos com ela, mas diferente de tudo que experimentara na vida desperta.

Ele acariciou seus lábios, seus cílios — parou. Noiva e noivo devem se separar tão logo o ato seja consumado. Cambaleou para fora da cama e ficou parado, incerto, no escuro. Quando seria permitido falar novamente?

"Estou bem", ela sussurrou.

A dor de sua ternura quase fez com que ele a buscasse com as mãos, para segurá-la contra seu peito, onde ela ouviria a batida de *Mila MilaHeller...*

"Mila Heller", ele sussurrou.

"Lichtenstein, agora meu nome é Lichtenstein", ela sussurrou de volta.

Ele puxou uma cadeira, assegurando-se que não tocasse suas cobertas, *E todo leito onde ela se deitar estará impuro.* Sentou-se, e ambos pensaram no buraco na ribanceira, lá atrás, onde tinham se agarrado as mãos até escurecer. Parecia que jamais tinham, jamais teriam se soltado.

Ao amanhecer, ele ainda estava sentado junto à cama. O lenço escorregara da cabeça tosada dela e ele sentiu profunda reverência e gratidão diante da sua beleza. Os olhos dela se abriram, tão grandes em sua face sem adornos, e ele proferiu a primeira oração do dia: "*Modeh ani... shehezarta bi nishmati...*". (Eu Te agradeço... por fazer retornar a alma dentro de mim...)

✻

Hannah agora chamava Atara de próxima *kaleh meidel*, a próxima menina em idade de se casar. Levou-a para fazer compras de vestidos para *kaleh meidel*. Atara protestou. Ela não precisava desses trajes, ainda não. Orgulhosamente Hannah entregou as notas do dinheiro economizado para o dono da loja. "Uma moça Stern em idade de se casar tem um guarda-roupas adequado."

Atara conteve as lágrimas.

Alguns meses depois do casamento de Mila, Atara acordou no meio da noite. Dobrou seu vestido de *kaleh meidel* e o pôs numa sacola que pendurou na maçaneta da porta de Etti.

Uma escova de dentes, roupa de baixo.

O interruptor não fez ruído na escada, ela desceu no escuro. As antigas maldições de Zalman ecoavam de degrau em degrau:

Você vai fracassar em tudo que se propuser a fazer.
Vai afundar de uma depravação para outra.
Vai vagar pelo mundo sem nunca encontrar um lar.

Atara apertou o botão que abria a trava da porta lateral que dava para a rua. A pesada porta de carvalho abriu-se pela metade. Na tiritante madrugada parisiense, um canteiro de papoulas oscilava, cada broto uma liberdade escarlate tremulando sobre sua haste frágil.

LIVRO III

Williamsburg, Brooklyn

Após sete dias de celebração os recém-casados embarcaram num avião para Nova York. O companheiro de estudos de Josef foi buscá-los no aeroporto. Ele contou as novidades da congregação do Rebbe, dos filhos dos colegas de yeshiva nascidos durante a estada de Josef em Paris. Mila julgou reconhecer nomes da sua infância na Transilvânia, nomes de crianças que haviam embarcado nos vagões de gado, agora ostentados por novas crianças. Do lado de fora do carro, paisagens urbanas diferentes de tudo que tinha visto: casas separadas umas das outras por espaços estreitos, não as fachadas contínuas das cidades francesas; o ruído do tráfego, mais estridente à medida que os prédios ficavam mais altos; mas dentro do carro, nomes familiares.

Um monte de cabos, uma ponte suspensa, uma curva brusca — de repente placas em iídiche e hebraico: SUPERVISÃO ESTRITA, YETEV LEV ESCOLA PARA MENINOS, 100 POR CENTO ALGODÃO... o espírito kosher espalhado por toda parte, não com indicações discretas como era em Paris; judeus sem medo de anunciar que eram judeus; reconstruindo um mundo que nunca fora antes.

Ansiosos para passar o primeiro shabat em seu próprio apartamento, Mila e Josef declinaram todos os convites. Mila examinou as receitas que anotara sob ditados de Hannah; Josef descascou cenouras e mandioquinhas para a sopa de galinha. Quando os aromas da refeição de shabat preencheram o pequeno apartamento, Mila e Josef se entreolharam com deleite — um lar, seu lar.

Banharam-se e vestiram as roupas de shabat. Mila usava na cabeça o lenço branco que Hannah bordara com fios dourados; Josef usava seu *shtreimel* de pele, presente de casamento de Zalman. Dezoito minutos antes do pôr do sol, as mãos de Mila circundaram as velas, para dentro e para fora, para reunir e proteger. Olhos fechados, sussurrou a antiga prece, *que estas luzes me ancorem como ancoraram tantas antes de mim...* — e sentiu dedos se fechando sobre seus dedos, uma corrente de mãos que acendem velas se estendendo do passado remoto para o futuro. Quando abriu os olhos, o tecido do cafetã de Josef cintilava feito folhas após a chuva.

Ele, observando as chamas das velas espelhadas na orla dourada da touca de Mila, permitiu-se lembrar de sua primeira mãe, de seus abraços e beijos. *"Gut Shabes, kleiner yideleh!"* (Bom shabat, pequeno judeu!) Desta vez, a lembrança não o perturbou.

Em seu Livro dos Dias, Mila contava cinco dias de sangue e sete dias puros. Durante os sete dias puros, usava roupas de baixo brancas e dormia sobre lençóis brancos. Manhã e noite, inseria um pano branco, no fundo; girava-o, retirava, examinava conforme prescrito. Se encontrasse uma manchinha vermelha, teria de marcar o pano ou a roupa de baixo com a hora e o dia da contagem: uma mancha vermelha não significava a mesma coisa que uma mancha rosa ou marrom; somente um rabino podia estabelecer se a cor requeria uma separação mais longa.

Mila era escrupulosa em relação a leis de pureza familiar que ditavam o controle dos impulsos, aumentavam a fertilidade e asseguravam almas puras para os filhos que estavam por vir.

No sétimo dia puro, ela esperou o pôr do sol e foi para o banho ritual. Escovou os dentes, lixou as unhas. Ensaboou-se, enxaguou. Uma atendente verificaria qualquer *hatsitsa* (empecilho), fio de cabelo, mancha que pudesse se interpor entre as águas rituais e a pele.

Mila desceu os degraus para a pequena piscina retangular de água *natural*; água suprida por gravidade e não bombeada. Braços estendidos, boca e olhos fechados, mas não apertados, ela se deixou submergir.

"Kosher!", a atendente anunciou quando a cabeça de Mila irrompeu da água.

Braços cruzados sob o coração, para separar os domínios mais elevados dos inferiores, Mila sussurrou a bênção para a imersão ritual e, mais duas vezes, deixou-se submergir.

"Kosher! Kosher!"

Pegando seu roupão, Mila de fato sentia-se pura e branca e orgulhosa de ser uma mulher judia que os rabinos podiam declarar kosher. Lágrimas escorreram-lhe pela face, de gratidão a Ha-Shem por guiá-la e ajudá-la a resistir às tentações de Paris.

Conforme os rabinos aconselhavam, vestiu uma roupa de baixo colorida para não notar qualquer leve irregularidade nos dias permitidos. Caminhando para casa, apressou o passo de modo a reduzir as possibilidades de um encontro com algum animal impuro, pessoa ignorante, um gentio — qualquer encontro que pudesse comprometer as chances de conceber um estudioso da Torá.

No dormitório, diante do espelho triplo, envolveu os ombros na estola de seda, cinza-pérola e lavanda à luz da lâmpada, sinal que informaria a Josef que ela estava permitida e, no quarto silencioso, pensou que podia ouvir seus pais rezando para viver de novo nas gerações que ela e Josef fariam existir.

Josef ficou de pé junto à cama de Mila. Escutou o suave farfalhar do acolchoado quando ela ergueu uma ponta. Por fim a leve fragrância da *Anémone des bois* sobre sua pele. *Que a nossa união possa...* — suas coxas debaixo dele, abrindo-se — *nos permita aspirar almas santas para os nossos filhos...*
Desta vez, não se separaram de imediato; só depois do *dam betulim* (sangramento virginal) é que a noiva e o noivo deviam se separar imediatamente. Desta vez não precisariam se afastar até que ela menstruasse, se menstruasse.
Permaneceram deitados lado a lado no escuro. Havia regras prescrevendo tudo até aquele momento, e durante aquele momento, mas esse instante em que ficavam deitados juntos proporcionava uma sensação de inteira soltura, sem regras. Ela pressionou o corpo contra o dele e sua barba parecia de seda na noite, como a barba de seu pai sob o xale de orações, sussurrando: "Blímele, minha Blímele...".

Nas duas semanas seguintes, Mila corria para a porta de entrada tão logo ouvia os passos de Josef na calçada. Uma vez, soltou uma canção, timidamente; Mila não cantava diante de um homem adulto desde que tinha doze anos. Mas Josef era seu marido e isso era consentido.
"*Oyfn veg, shteyt a boym* — você não sabe a letra? Repita comigo: *Oy, mame, quero tanto ser um passarinho...*" E o conduziu para sua dança. "*Yadiyadidam!*" Um braço erguido segurando uma ponta da estola, o outro em torno da cabeça, ela rodopiou nos saltos altos de Paris, pegando às vezes a bolsa de Paris que fazia conjunto com os sapatos, agitando-a ritmica-

mente, como um pequeno pandeiro, de um lado a outro da sua estreita cintura. *"Yadidadam!"* O coração de Josef bateu mais rápido. De salto alto, os tornozelos de Mila pareciam tão delicados, a panturrilha alongada...

"Josef! Venha, dance!"

Ele adorava sua capacidade de emergir da seriedade para o flerte, e acima de tudo adorava a cadência da sua voz, as inflexões húngaras. Ele entrou na dança batendo os pés. Flutuaram frente a frente, da mesa de jantar para o sofá, os olhos brilhantes no minúsculo apartamento.

Em noites de separação, conversavam em suas camas paralelas. Josef contou a Mila sobre o navio para a América, deslizando para a frente, sempre para a frente, enquanto para trás ficaram as despedidas inacabadas. "Eu queria voltar, explicar... Explicar o quê? Eu *tinha* saído da clandestinidade, *tinha* conversado com o judeu. Toda manhã, ficava parado no convés enxugando a maresia dos meus lábios. *Reb* Halberstamm me puxava de volta, me levava pra a cabine, para o livro aberto. Foi por isso que eu estava pronto para o meu bar mitsvá. Mesmo quando o navio entrou no porto de Nova York, e todos os passageiros saíram para o convés, virando-se para a Estátua da Liberdade, nós voltamos para a cabine e ensaiamos mais uma vez a minha *haftora*. Quando desembarcamos, *reb* Halberstamm me disse para não olhar para a direita nem para a esquerda: 'O que há para ver na *treifeneh medineh*, o país não kosher da modernidade?'. Eu olhei sim, é claro..." Josef calou-se. Não contou a Mila que durante a viagem do navio até a Williamsburg dos chassidim seu coração se apertou ao passarem por uma cruz, numa esquina, que sua mão procurou o bolso, buscando o cartão-postal que mandaria para Florina assim que tivesse arado as terras da América e pudesse mandar buscá-la.

Quando Josef recomeçou, disse: "Em Williamsburg, *reb* Halberstamm me conduziu por portas entreabertas, salas onde garotos cantarolavam palavras que eu quase podia lembrar, *E Deus disse a Moisés*... Vi garotos judeus erguerem as mãos e se remexerem nas carteiras para responder às perguntas do professor, garotos judeus que não tinham medo de ser os primeiros da classe. Nos serviços religiosos, os homens me davam tapinhas nas costas. 'Fina linhagem Josef, filho de Yekutiel, filho de Mendel Wolf.' Eles pensavam que sabiam quem eu era, pareciam pensar que era uma coisa boa ser Josef Lichtenstein, filho de Yekutiel, filho de Mendel Wolf, sobrinho-neto do *reb* Elimelech...

"Eu não estava acostumado a ser cercado por tantos garotos, garotos vestidos de judeus... Eu me debatia com o meu solidéu, com ter de passar o tempo todo dentro de casa. Saía para longas caminhadas. Sentia falta dos pomares, dos gansos, do cheiro de terra revirada. Sentia falta..."

"De Florina? Você sentia falta de Florina?"

Fez-se uma longa pausa antes de Josef recomeçar. "Aí, um dia, caminhando sozinho pela avenida Lee, percebi que era *eu* o menino judeu que me seguia em cada vitrine, era *eu* o menino com cachos laterais que imitava cada gesto ou movimento meu. Nesse dia, no serviço religioso, minha voz se juntou às vozes dos homens, e também pedi que meus mortos se levantassem, que se levantassem inteiros. E também pedi pelos mortos de Mila Heller."

"Você pensou em mim nesse dia, Josef?"

Numa outra noite de separação, Mila indagou: "Você escreve para Florina? Por que não escreve?".

"Porque estou perdido para ela."

"Mesmo assim, ela gostaria de saber de você."

"Ela gostaria de saber de Anghel, não de Josef."

"Ela entende que você teve de voltar para o seu povo."

Josef não respondeu. Ele viu, no meio do rio Nadăş, Florina esticando os braços para pegar o menino com olhos de urtiga, viu sua mão cair junto ao corpo, vazia.

No dia seguinte, Mila preparou seu primeiro pacote para Florina: frutas enlatadas, café, açúcar, um avental impecável, um suéter de lã. Estava pondo no pacote um tecido de seda florido, dobrado, quando Josef perguntou: "Para que é isso?".

"Um lindo vestido", disse Mila.

"Mas Florina só veste preto."

"Mesmo agora ela só veste preto?"

Josef soltou um pesado suspiro.

Determinada, Mila arrumou a seda florida no pacote.

Na agência de correio, esperando na fila para o envio para a Romênia, Mila escreveu o próprio nome e seu endereço de Williamsburg num cartão-postal. Sem saber o endereço de Atara, levou o postal para casa e o enfiou entre duas páginas do Livro dos Dias.

*

Na Festa da Lei, *Simchat Torá*, Mila e Josef compareceram aos serviços na sinagoga principal. Ela ainda estava encantada com esse mundo em que todos se vestiam da mesma maneira que eles, mulheres de lenço branco, homens de *shtreimel*. Pessoas que ela nunca conhecera os cumprimentavam como se estivessem se reencontrando; alguns haviam conhecido seus pais, alguns se lembravam dela como criança de colo, e os recém-casados andavam com um senso de propósito maior — também eles criariam um nome em Israel para seus pais e irmãos assassinados.

Defronte à sinagoga, Josef apontou para uma porta lateral. "A entrada das mulheres. Não seja tímida. Force passagem até a primeira fila, senão não vai conseguir ver nada."

Um mar de lenços brancos deslizava para cima, uma onda que Mila esperava que a levasse junto, mas sempre a deixava para trás. Sua vizinha reconheceu a jovem noiva de Paris e segurou o cotovelo de Mila. Juntas, foram se enfiando escada acima, até a primeira fila.

Diferentemente do balcão na sinagoga de Paris, onde uma tela baixa de rosetas de bronze permitia aos homens virar a cabeça no andar térreo e acenar para as esposas, o balcão das mulheres na sinagoga de Williamsburg ficava atrás de uma alta treliça de madeira com vãos minúsculos. Mila pressionou o olho contra uma abertura da trama em forma de losango. A primeira volta já havia começado. Os pés dos homens subiam e desciam ritmicamente. Ela procurou por Josef, mas não conseguiu achá-lo numa multidão de centenas de outros vestidos como ele, de cafetãs pretos reluzentes e chapéus de pele de marta.

No centro da roda, vestindo um cafetã branco, o Rebbe balançava de um lado a outro, segurando um pequeno rolo de Torá. O xale de orações cobria-lhe a cabeça, ocultando o rosto. Ele corria alguns passos, como que carregado pelo cantar dos homens; os homens recuavam como junco. "*Aye mamale mamale aye*", gritava o Rebbe. "*Ayeyaiyaiyai!*", respondiam os chassidim.

Observar a dança dos homens, para Mila, era como se ela estivesse dançando também; ouvir o cantar dos homens era como se ela também estivesse cantando; e quando o Rebbe saltava, apertando o rolo contra o peito, o formigar nos joelhos de Mila se espalhava para sua barriga.

O Rebbe ergueu o rolo da Torá; os dois leões bordados no manto avançaram, recuaram e se pavonearam pela roda, as patas dianteiras sustentando a coroa de Judá.

A mão do Rebbe deslizou de um lado a outro, e seu xale de orações caiu sobre os ombros.

A face descoberta, Mila o reconheceu de imediato: o homem de testa alta, cachos laterais soltos, órbitas dos olhos profundas; o homem que ficou olhando para dentro de um livro quando sua mãe correu até ele — o homem no vagão aberto.

Mulheres atrás dela se empurravam para conseguir dar uma olhada, pedindo que ela se afastasse da treliça, mas as mãos de Mila se agarraram aos sarrafos. Sua vizinha disse-lhe no ouvido: "Veja como a luz brilha *a partir* do rosto dele, e não *sobre* o seu rosto!".

O Rebbe correu alguns passos, para longe dela, depois se virou e voltou, e Mila pensou que ele estivesse correndo para ela, dançando à sua frente enquanto entoava *"Aye mamale aye..."*. Ele serpenteou para longe, rodando para lá, para cá, como uma chama, e dentro dessa chama Mila via o trem que desaparecia e ela, correndo para lá, para cá, em busca da mãe e do pai, buscando, buscando...

Mamãe? Ela ergueu a mão para uma sombra no teto, a outra mão agarrada à treliça, os nós dos dedos brancos de esforço. Os joelhos se dobraram sob o corpo, e ela sentiu que perdia o equilíbrio. Justamente quando a sinagoga silenciou para o Rebbe cantar, Mila gritou alto "Mamãe? *Rebbe?*" e desabou no chão.

Josef ouviu o grito; ouviu a comoção no balcão.

"Está tudo bem, ela está voltando a si", alguém disse quando ele escancarou a porta da escada.

Mila surgiu no alto da escada, apoiada em duas mulheres.

Josef a ajudou a sair da sinagoga.

A dança foi retomada no salão central, enquanto as que permaneceram no mezanino também estranhavam a jovem noiva de Paris: uma mulher erguendo a voz em público, na presença do Rebbe? Saúde frágil, Deus nos livre...

Quando Mila já estava deitada, metida debaixo do acolchoado, Josef perguntou o que havia acontecido.

"É claro que era ele", disse Mila, "foi por isso que nós fomos, para ver a dança do Rebbe?"

"Você viu o Rebbe antes?"

"Meu pai me segurou no alto durante uma prédica inteira para eu ver a face do Rebbe. Como haveria de me esquecer dos seus olhos de fogo enquanto ele ameaçava, suplicava, chorava e advertia contra o sionismo? Então eu o vi de novo... Josef, o que as pessoas aqui dizem da fuga do Rebbe?"

"Um milagre. Há uma grande comemoração todo ano, no dia 21 de kislev, o aniversário da data da sua chegada à Suíça. Nós iremos. Toda a comunidade vai."

"Ninguém pergunta como o Rebbe foi parar naquele trem para *prominenten*?"

"O homem que negociou aquele trem teve um sonho: você precisa levar o Rebbe de Szatmár ou a sua missão fracassará."

"Um sonho? Foi assim que o Rebbe se viu dentro de um trem para a Suíça?"

"Todo mundo em Williamsburg sabe disso."

"É mesmo?" As mãos de Mila bateram no acolchoado. "Ninguém estranha por que esse trem acabou indo para a Suíça e não para Auschwitz? Está tudo certo Josef, eu estou bem. Estou feliz que o Rebbe tenha escapado... mas é tudo verdade, não é? As coisas que aconteceram comigo realmente aconteceram comigo? Os vagões abertos, minha mãe correndo, gritando 'Rebbe!'."

"Você não deve pensar nisso... ou quando pensar, pense em nós, no nosso futuro, nossos futuros filhos."

"Vou pensar. Vou sim. Agora volte ao *shul*. Você precisa voltar. As pessoas vão comentar se você perder outra volta... Josef? Por favor, me traga o meu Tanach. Esta noite lemos o trecho em que Moisés não chega à Terra Prometida, certo?" Mais uma vez, bateu no acolchoado. "Vá, agora vá. Eu estou bem."

Mila abriu seu Livro da Escritura. De acordo com a tradição de *Simchat Torá*, ela leu o fim do Livro e em seguida o começo.

Tu não seguirás adiante. Assim morreu Moisés... e os filhos de Israel choraram... e não surgiu desde então profeta... em todo o grande terror que Moisés mostrou à vista de todo Israel.

No Começo...

*

Em seu Livro dos Dias, Mila contava: *Sangue: 1, 2... 5. Puros: 1, 2, 3... 7.*

Ela envolvia os ombros na estola prateada e púrpura.

Quando havia sangue de novo, no fim do mês, ela queria se encolher e ser consolada por Josef, mas sabia que esse anseio era manifestação de sua inclinação malévola. Por que outro motivo ansiaria pelos seus braços precisamente durante a parte do mês em que não podiam se tocar? Ele não podia soprar uma pena de seu vestido, *para não provocar uma transgressão.*

Todo mês, Mila ia ao banho ritual, mas sua barriga não crescia.

Não era bom para uma mulher jovem em Williamsburg não ficar grávida.

Não havia muita perspectiva, em Williamsburg, para uma mulher que não estivesse grávida.

Da sua janela no apartamento pouco arejado, Mila via as mães empurrando carrinhos de bebê, seguidas por filas de crianças de mãos dadas, as menores mais próximas ao carrinho. Ela quase conseguia imaginar as juntas gorduchas do bebê apertando os tubos de metal do carrinho. *No próximo mês, querido Senhor, permite que seja eu.*

Dias de sangue, dias puros, em toda parte a barriga de uma vizinha pressionava o tecido de uma saia, mais um chassid impaciente para desfazer a terrível destruição. *No próximo mês, querido Senhor, lembra-Te de mim.*

Quando Mila passava entre elas, as mulheres reduziam o volume de suas conversas sobre fraldas e mamadeiras. Nos serviços de shabat, seguravam sua mão. "Estou rezando pela senhora, sra. Lichtenstein." As mulheres enterravam as caras nas escrituras. Os troncos balançavam. *Ele que transforma a esposa estéril em mãe jubilosa...*

Durante o terceiro ano de casamento, Mila consultou as vizinhas, que recomendaram um médico em Manhattan.

"O doutor diz que com vinte e um anos ainda se é jovem", Mila contou a Josef ao retornar. "Ele não vê nada de errado."

"É claro que não há nada de errado", disse Josef.

Nos Grandes Dias Santos, Mila rezou com ampliado fervor. *Tekiá!*, convocava o toque do chifre de carneiro; *Teruá!*, o chifre gemia, e Mila suplicava: *Inscreve nosso filho, ó Senhor, no Livro da Vida.*

Josef, também, rezava por filhos. Jamais expressou desapontamento, mas à noite sonhava com o ventre crescido de Mila. Como ela era adorável nesses sonhos, a barriga redonda, a face magra mais rechonchuda. Ele sonhava com ela cantando para a criança, *Yadidadidam*!

Eles haviam planejado que Josef estudaria *até a chegada dos filhos*, mas os filhos insistiam em não chegar e Josef estava se tornando um acessório na Casa de Estudo. Sozinha no pequeno apartamento, Mila fitava as lombadas duras da coleção talmúdica de Josef. Ocasionalmente, abria um tomo: muitas palavras em aramaico, que ela não decifrava tão bem quanto o hebraico. Então pegava a Bíblia Rabínica Expandida, que lhe era mais familiar e que lia quando aprendeu a ler na casa de Zalman e no seminário, parando depois de cada palavra, cada grupo de palavras, para a interpretação rabínica que desvelava o significado do texto. Mas à medida que sua melancolia crescia, Mila fazia pausas menos frequentes para a impressão menor e mais pálida do comentário. Que exegese Mila necessitava para captar a súplica de Rachel — *Dá-me um filho ou morrerei?*

Com exceção de um bordado representando um alce com enormes chifres ao lado de um poço de água, as paredes eram vazias, como as paredes da maioria dos lares chassídicos. Uma lâmina de vidro protegia o lustroso tampo da mesa, presente de casamento dos Halberstamm, para quando chegassem os filhos.

A noite caiu. Ela espiou pela janela da sala. Tentou identificar o casaco de Josef entre os homens que corriam na passarela elevada. Em Paris, Josef se destacava, sua vestimenta exótica, seu chapéu preto sacerdotal, e ela vira que ele era bem apessoado, o homem que viera da terra de sua infância dilacerada; mas entre as dezenas de abas pretas andando às pressas, ela não conseguia distinguir seu casaco. Pegou o bordado da Tumba de Rachel, que tanto implorara por um filho e acabara tendo dois — *Mãe Rachel, mostra-me as folhas da cura.*

*

"O médico diz que com vinte e dois anos ainda se é jovem. Não há nada de errado."
"É claro que com vinte e dois se é jovem", disse Josef.

*

A cada dois anos, Mila e Josef voltavam a Paris para passar Pessach com os Stern. Como se seu lar anterior pudesse restaurar sua promessa, Mila sentia um encantamento infantil quando o táxi passava as cercas vivas das Tulherias, pelos olmos sempre florindo naquela época. Por fim, o táxi dobrou a esquina com a placa familiar, letras brancas sobre fundo azul-marinho: RUE DE SÉVIGNÉ. A mão de Mila pousou sobre o quarto de volta do corrimão que costumava apará-la quando ela escorregava, peito encostado na nogueira com cheiro de cera. Subiu correndo os três degraus. A *mezuzá* polida no umbral, a soleira da porta e os braços de Hannah. Após a alegria do reencontro, depois do chá com bolo, Mila perguntou: "Posso? Agora?".
Hannah sorriu. "Vá, criança, vá."

A pesada porta lateral abriu-se. Mila olhou para os dois lados da rua. Molduras de calcário, arabescos de ferro batido, venezianas de madeira descascando, tudo isso parecia precioso depois da fria funcionalidade de Williamsburg. Seu braço se estendeu para sentir a carícia da velha parede. Uma nota escapou da oficina de conserto de violinos. Recortes de conversas de transeuntes; seu ouvido buscava as saudosas conjunções, as vogais suavizadas por *l* e *z*, e o aveludado *t*, as cadências firmes que arranhavam as vidas daqueles que não foram embora.

No Jardim de Luxemburgo, seguiu pela alameda das nogueiras até o parquinho da sua infância, os recantos de sombras de sua adolescência. A cada curva, ela de algum modo esperava Atara surgir. *Melhores amigas, irmãs para toda a vida.*

Quando Hannah e Zalman encontraram o bilhete de Atara, Zalman contratou detetives para trazê-la de volta para casa, mas os detetives não conseguiram encontrá-la. Mila testemunhara a preocupação e o desespero de Zalman e Hannah. Testemunhara os irmãos mais novos atônitos diante do infortúnio dos pais. Quando Zalman decretou que o nome de Atara não seria mais pronunciado na casa, Mila não protestou. Mas, apesar do veredito de Zalman, durante cada visita de Pessach, Hannah cochichava para Mila: "Você soube de alguma coisa?".

Mila pensou nos cartões-postais de Atara para Hannah. Sempre as mesmas três palavras: *Eu estou bem*. Uma vez: *Minha chère maman, por favor não se preocupe comigo.*

Mila entendia por que Atara não a procurava — como poderia encarar Hannah e Zalman se ela se tornasse um acessório na fuga da filha deles?

Mila parou na Fontaine Médicis. Sob as altas árvores, desbastadas sem cuidado, refletidas na lagoa escura, observou brevemente as proibidas representações humanas, o emaranhado marmóreo de membros e voluptuosidade, a ninfa se entregando no colo do amante — e desviou o olhar. Pegou a saída para a Rue Servandoni, deu a volta pela Place Saint-Sulpice para a Rue de Seine e desceu até Pont des Arts.

Debruçou-se sobre a amurada da ponte. O céu serpenteava dentro do rio que, ao contrário dela, podia vagar para longe ao mesmo tempo que se demorava languidamente em Paris. Faixas de janelas e telhados com mansardas emolduravam os taludes; aqui, ali, espiras, cúpulas; ela queria arquear-se sobre os domos e dobrar-se sobre as pontes e envolver seus membros em torno dos balaústres bulbosos. Os sinos tocaram o quarto de hora, a meia hora.

Quando sua sombra já estava comprida, ela dirigiu-se para casa e lançou-se na frenética limpeza de Pessach, em que não devia restar uma única migalha, um único traço de pão fermentado. O turbilhão da sempre crescente família de Hannah intensificou o empenho de Mila. Ela se dedicou ao recém-nascido de Hannah, trocou o bebê, arrulhou para ele.

Finalmente Pessach chegou e a limpeza pôde parar.

Durante o seder, Mila adorava a reencenação que Zalman fazia da fuga dos judeus do Egito. Ele caminhava pela sala de jantar, um embornal de pão ázimo no ombro. "Foi assim que nossos ancestrais fugiram da terra onde eram escravos…" Ela adorou que ele ainda lhe pediu para dar as boas-vindas ao profeta Elias. Na entrada escura, ela susteve a respiração ao abrir a porta.

"Abençoado aquele que vem!", Zalman bramiu da sala de jantar.

Ela tentou identificar a silhueta de Elias na escada vazia, às escuras.

Nas manhãs de Pessach, ela ia à sinagoga; de tarde, acompanhava as crianças ao Jardim de Luxemburgo. Num torpor primaveril, empurrava o carrinho de bebê e tomava conta dos outros pequenos. Um choro ou balbuciar de criança invocava seu apartamento vazio em Williamsburg, suas vidraças e tampos de mesa sem marcas de dedinhos infantis. Ela batia na sua barriga plana: *Por quê?*

As crianças a seguiam para casa, em silêncio.

*

Cada retorno para Williamsburg ia ficando mais difícil. No quarto ano de casamento, ao sair do táxi, Mila não se maravilhava mais com as berrantes placas em iídiche e hebraico, mas perguntava-se como não havia notado, da primeira vez que chegara, as latas de lixo pontuando as varandas, a sujeira se espalhando pelas calçadas. Ela quase desejava ter renunciado à viagem para a França, já que era seguida de tantas saudades. Carros buzinavam na rua de asfalto afundado, e Mila cobiçava os sinos marcando o tempo com melancolia, ou alegria, na deserta Paris de agosto, e setembro com seu farfalhar de novos começos em folhas caídas...

E todo mês, a contagem do sangue e desespero.

Sua imagem no espelho a exasperava; sua beleza a irritava. Seios vazios de leite! Braços vazios de crianças! Súplicas escapavam-lhe dos lábios, para as mulheres estéreis em Israel: *Mãe Sara, mãe Rivka, como estou sedenta do sopro de meu bebê!*

No quinto ano de casamento, Mila disse a Josef que seu médico insistia numa amostra de sêmen antes de prescrever drogas para a fertilidade.

"Mas é um grave pecado", Josef replicou. "A Torá proíbe isso."

"Mesmo para propósitos médicos? O doutor diz que alguns de seus pacientes ortodoxos fizeram o teste, sim."

"Nosso Rebbe jamais permitiria."

"Mesmo para casais que não podem ter filhos?"

"Mila, como o médico poderia ajudar se o problema reside em mim?"

"Mas se o problema *não* reside em você, então o médico prescreverá drogas para fertilidade."

"A própria Torá proíbe, não é só a lei rabínica. Nenhum rabino temente a Deus permitiria." Hesitou. "Muitas mulheres têm sido auxiliadas pela bênção do Rebbe."

"Você que peça. Eu não vou procurar o Rebbe."

*

Folheando as revistas na sala de espera do médico, o nome *Kasztner* saltou de uma página. O coração de Mila bateu forte. Fora publicado um livro sobre o trem de *prominenten* organizado por Kasztner. A revista escorregou do seu colo — Josef estava certo, melhor era não pensar sobre aqueles tempos. Ela se levantou e perguntou à recepcionista quanto tempo ainda demoraria, mas como a espera continuou, sua mão buscou a revista. Leu a resenha e enterrou a revista debaixo de uma pilha de exemplares de *Mães Grávidas*.

Seu coração estava pesado ao deixar o consultório do médico. Passou pela entrada do metrô e seguiu andando. Parou defronte da biblioteca pública na rua 52.

Face corada, subiu a grandiosa escadaria. A serenidade da grande sala de leitura a deixou irrequieta. Como podia um local onde homens e mulheres se misturavam, como podia um ninho de heresia apresentar uma aparência tão tranquila?

A bibliotecária a dirigiu para um atlas histórico da Europa Central. O dedo de Mila acompanhou o traçado da fronteira que dividia a Transilvânia durante a Segunda Guerra Mundial; acompanhou o traçado da linha azul paralela do rio Nadăş, que ela atravessara nos ombros do pai; acompanhou a fina linha preta da ferrovia que, perto de Kolozvár, quase tocava a fronteira de guerra. Ao norte: Hungria; ao sul: Romênia. E ali, em letras minúsculas sobre a curva do rio, Deseu, onde Anghel vivera com Florina. De fato, um trem de Kolozvár para Budapeste poderia ter passado — teria passado — pelo barracão onde ela e seus pais estavam escondidos.

Dali em diante, Mila retornou à biblioteca da rua 52 toda vez que tinha uma consulta com o médico. Ela fora ensinada que a insistência de Atara em descobrir o que acontecera era uma *busca de prazer*, brincar com questões superficiais em vez de ensinamentos mais densos da Lei. Mas agora Mila reconhecia que aquilo que provocava sua própria necessidade de voltar à biblioteca, o que quer que fosse, Atara devia ter sentido numa idade muito jovem.

Observando um funcionário retirar livros de um carrinho, observando o funcionário arrumá-los nas prateleiras, Mila imaginava Atara trabalhando num lugar como esse, imaginava que um dia ela surgiria por trás da mesa da bibliotecária. Finalmente Mila reuniu coragem para perguntar à mulher atrás do balcão de saída se ela conhecia alguém de nome Atara Stern, que gostava particularmente de bibliotecas. A mulher polidamente explicou que a Biblioteca Pública de Nova York tinha muitos milhares de frequentadores.

Na sala de leitura, com a luz atravessando as altas janelas, Mila deparou com o artigo de um professor da City University, na Quinta Avenida. Percebeu que o endereço era próximo à biblioteca. Caminhou as poucas quadras e o encontrou num pequeno escritório atrás de uma porta de vidro. Sim, o trem de Kasztner era um assunto de profundo interesse para ele, tanto como historiador como porque devia a sua vida a Kasztner: a mãe do professor estava grávida dele quando fugiu naquele trem. Sim, ele sabia da fuga do *satmarer Rebbe*. Tinha documentos, testemunhos...

Numa quinta-feira à noitinha, Josef estava descascando cenouras para a sopa de shabat quando Mila disse: "Sobre aquele sonho, sobre a falecida mãe de Kasztner, ou a falecida mãe de seu auxiliar, ter insistido com ele, ou com o auxiliar dele, para salvar o Rebbe de Szatmár... é assim mesmo que o Rebbe explica a sua fuga?".

"Creio que foi o próprio Rebbe que contou a história do sonho, mas eu nunca o ouvi falar disso."

"Algumas pessoas ficaram zangadas com o Rebbe. Dizem que ele, e outros líderes da comunidade que fugiram naquele trem, comportaram-se vergonhosamente. Dizem que esses líderes sabiam acerca dos campos, sabiam que o trem de Kasztner teria permissão de sair apenas se outros judeus não resistissem à deportação. É por isso que o comboio de Kasztner deixou Kolozvár depois que os outros judeus foram deportados: para assegurar que os *prominenten* ficassem calados. 'Foi uma boa barganha', Eichmann disse durante o seu julgamento."

"Do que você está falando?"

"Kolozvár ficava a apenas quatro quilômetros da fronteira e os judeus não eram mais mortos na Romênia na primavera de 44. Se os judeus de Kolozvár tivessem sabido dos campos de extermínio, teriam fugido. Havia vinte mil judeus e um punhado de guardas armados. Alguns teriam sido atingidos durante a fuga, mas a maioria teria sobrevivido."

"O que você quer dizer com 'Se eles tivessem sabido dos campos'? Ninguém sabia."

"Os líderes tinham sido avisados. Com certeza o nosso Rebbe sabia o suficiente para escapar com a ajuda de um sionista, mesmo tendo expulsado da congregação qualquer um que interagisse com sionistas."

"O Rebbe nunca pediu a ajuda de um sionista. Nunca pediu para estar naquele trem."

"Ele *implorou*. 'Nem mir, Ich bin der Rebbe fin *Szatmár*.'" (Leve-me, eu sou o Rebbe de Szatmár.)

"*Nem mir?*" Josef riu. "Nosso Rebbe pediu para participar de uma empreitada negociada por um sionista?"

"*Implorou*. E Josef, nosso Rebbe jamais teria transgredido o shabat se não soubesse que era questão de vida ou morte. Ele sabia, Josef, ele sabia dos campos de extermínio..."

"Nosso Rebbe transgrediu o shabat?"

"Atara me contou anos atrás. Ela leu nos jornais. Houve um julgamento. Eu não queria pensar naquilo... Eu fui à biblioteca."

"Você esteve dentro de uma biblioteca?"

"Eu precisava saber, Josef. E se o Rebbe sabia o que iria acontecer com todo mundo que foi deixado para trás? E se ele fez o que acusa os sionistas de terem feito, e se ele deixou de avisar sua comunidade..."

"Mila! Onde você anda ouvindo essas coisas?"

"Não estou zangada com o Rebbe por ter sobrevivido; estou zangada porque quando se tratou da vida dele, ele se permitiu um acordo, mas quando se trata das nossas vidas, não podemos fazer o único teste que poderia permitir que eu começasse um tratamento de fertilidade."

"É do teste que você está falando? Eu lhe disse, não se trata do Rebbe. Nenhum rabino temente a Deus autorizaria o que está expressamente proibido na Torá."

A vizinha de Mila recomendou um médico que receitaria drogas de fertilidade sem uma amostra de sêmen: drogas para regular o período de ovulação de Mila — que não havia estado irregular — drogas para estimular seus ovários, embora tudo indicasse que ela ovulava regularmente. As drogas, os gráficos de temperatura, a contagem de dias de sangue e dias puros, a inspeção íntima redundavam num oprimente fracasso em conceber. Mila mal notava Josef buscando por ela, seus anseios, sua ternura, seu abraço.

Puros: 1, 2, 3, 4, 5, 6, 7.

Sangue.

Mais uma vez, ela se encolheu na cama.

Josef ansiava por tê-la nos braços. Nada de errado com ela, diziam os médicos. Era tomado de vergonha, pelos tornozelos inchados, as náuseas, o desespero dela. Se fosse ele o infértil, ela estaria tomando drogas para nada — as drogas que tanto alteravam seus humores. Ele jamais a merecera, sua meiguice, sua beleza que agora também implorava por salvação. Estava faminto pelo riso dela, quanto tempo fazia que ela o havia puxado para sua dança — *Yadidadidam!*

*

Mila sabia que, após dez anos de um casamento estéril, um judeu ortodoxo não podia mais se abster de obedecer ao mandamento *crescei e frutificai*. Certa noite, ela perguntou: "Faz quase dez anos que nos casamos. Alguém sugeriu... que você se divorcie?".

"Divórcio!"

"É um mandamento o homem gerar filhos."

Ele acariciou sua face, beijou suas pálpebras. "Você está tomando essas drogas há tempo demais. Você consideraria..."
"Não vou parar o tratamento de fertilidade."

Josef procurou um tratado do Talmude, procurou alguma cláusula que pudesse permitir uma análise de sêmen, e mais uma vez não conseguiu achar:

Se sua mão tocar seu pênis, que sua mão seja cortada sobre sua barriga.
Sua barriga se abriria? É melhor que sua barriga se abra...
Se um espinho se fincasse na sua barriga, não deveria ser removido? Não.
... Mas tudo isto, por quê?
Emitir semente em vão é o mesmo que assassinato.

*

No décimo aniversário, Mila copiou pela primeira vez os versículos que pesavam tanto sobre seu casamento, o trecho do Gênesis sobre a sentença de morte a Onan por derramar sua semente no chão. Sua caligrafia começou firme, decidida a fazer uma transcrição fiel, porém depois, à medida que copiava e recopiava os versículos, a escrita foi ficando trêmula quando ela compreendeu que não era a história de Onan — ele morre tão logo é mencionado; a história tratava de Tamar. Lei e costume exigem que a viúva de Onan, Tamar, se casasse com o irmão dele, mas seu sogro, Judá, renegou a promessa de fazê-lo. Defrontando-se com a impossibilidade de filhos, Tamar tomou o assunto nas próprias mãos.

Mais uma vez, Mila copiou os versículos no Livro dos Dias:

E foi falado a Tamar, dizendo, Observa teu sogro que sobe para Timnate para tosquiar seu rebanho... e Tamar tirou o traje da sua viuvez... e sentou-se perto da entrada de Einayim, que é no caminho de Timnate... Judá a viu e julgou que fosse uma meretriz... e disse: "Rogo-te, deixa-me possuir-te...". E ele a possuiu. E ela concebeu.

Em outra noite de separação — Josef estava curvado sobre um tomo do Talmude na mesa de jantar já limpa. Mila lia sua Bíblia Rabínica Expandida na poltrona junto à janela. Ela perguntou: "O que significa *que Tamar sentou-se em* Einayim? Havia realmente um lugar chamado *Olhos*?".

"Ah, você também está lendo sobre Onan."

"Sobre Tamar. O versículo diz: 'Tamar sentou-se *bepetach Einayim*'."

"Uma leitura é: Tamar sentou-se perto do *portão de Duas Fontes*. É claro que, como *einayim* também significa olhos, e *petach* também significa abertura, não é incorreto ler: Tamar sentou-se perto da *Abertura dos Olhos*. O Targum Yonathan diz: Ela sentou-se perto de uma divisão de caminhos, perto de uma encruzilhada que requer que todos os olhos se abram e considerem por qual caminho prosseguir."

"E o rei Davi provém de Tamar?"

"Assim como será o Messias. Antes de Judá saber que era Tamar, ele deixou-lhe o seu sinete como penhor. O Midrash diz que o sinete trazia um leão para significar que desta união viria a linhagem real de Israel, o leão de Judá."

Mila retornou a um comentário e o inseriu no seu caderno:

Para que uma missão sagrada tenha êxito, às vezes é necessário tapear Satã, levando-o a pensar que o ato sagrado é como ele mesmo:

satânico. *Às vezes é necessário vestir um ato sagrado com a roupagem do pecado. Assim fizeram Rebeca, Jacó, Judá, Tamar... Rebeca e Jacó enganaram Isaac. Jacó casou-se com duas irmãs. Tamar deitou-se com seu sogro, e no entanto Tamar gerou a linhagem do rei Davi, de quem se diz:*
ATENTA POIS, DAVI ERA INTEIRAMENTE BELO DE SE OLHAR, DE TODOS OS SERES HUMANOS, DAVI FOI O MAIS FAVORECIDO PELO SENHOR.

Embaixo disto, Mila escreveu e circulou duas palavras: *Nem mir* (pega-me).

Duas palavras com as quais Mila introduziu o profano trem na história, e desse momento em diante tudo ficou conectado na mente de Mila, era tudo a mesma história: Tamar, Judá, o Rebbe, cada um envolvendo um ato sagrado numa roupagem satânica.

A numerologia que tanto a encantara no seminário agora extravasava as margens da Escritura para dentro de seu Livro dos Dias, à medida que ela tentava suas próprias somas e interpretações:
ותהר, *vetahar* (e ela concebeu), soma 611, cuja soma 6 + 1 + 1 = 8.
Oito filhos?
עינים, *einayim*, soma 740, cuja soma 7 + 4 + 0 = 11 → 1 + 1 = 2.
Dois filhos? Se ela abrisse os olhos e visse o que o Senhor queria que ela visse, poderia ter dois filhos? Dois não era tanto quanto as outras mulheres de Williamsburg, no entanto quão grata ela ficaria!
Mas quem sabe ela devesse somar *bepetach Einayim*? Ou, melhor, apenas *petach* pois *be* era uma mera preposição? *Petach* somava 488 → 4 + 8 + 8 = 20 → 2.

Se ela se sentasse perto do Portão de *Einayim*, teria dois filhos? Não, continuariam sendo dois, só os dois, apenas...

Nas longas horas no apartamento vazio, em meio à contagem dos dias de sangue e dias puros, Mila somava e somava de novo. Às vezes as letras somavam 8, 4, 2...

As leituras de Mila haviam se tornado um escavar sem fim, desesperado, os versículos do Gênesis, não mais Escritura e Lei, mas uma história, que ela necessitava para sobreviver — sua história. De dia, ela mergulhava nas palavras para trazer seu ventre à vida; à noite, segurava a mão de Tamar de modo que mesmo no sono não pudesse soltá-la.

1968
Paris

No décimo ano de casamento, Mila e Josef voltaram a Paris para o Pessach com os Stern. Durante o voo, Mila olhava as revistas que as comissárias de bordo ofereciam: retratos de Martin Luther King assassinado, de uma guerra no Vietnã, fotografias dos tumultos em Paris, mulheres saindo às ruas, tomando as questões com as próprias mãos... como Tamar.

Einayim → 2. *Petach* → 2.

E Paris?

פאריז (Paris) → 298 → 2 + 9 + 8 = 19 → 1 + 9 =10 → 1 + 0 = 1.

Um filho? Se ela se sentasse perto de *Einayim* em Paris, se abrisse os olhos poderia ter um filho?

Policiais com roupas de choque pararam o táxi perto do centro da cidade. Mila explicou que sua família morava no Marais, nas cercanias da Rue de Rivoli. A polícia gesticulou para que prosseguissem. O carro seguiu lentamente entre peruas azuis com janelas escurecidas. Havia cartazes grudados em todas as fachadas, em placas de trânsito, pontos de ônibus, vistosas marcas em vermelho e preto, e as palavras de ordem da primavera de 1968 em breve achariam seu caminho para dentro do caderno de Mila:

LE DROIT DE VIVRE NE SE MENDIE PAS, IL SE PREND
(o direito de viver não se mendiga, se toma)

ON NE MATRAQUE PAS L'IMAGINATION
(não se retalha a imaginação)

E, em cada margem:

DAVI ERA INTEIRAMENTE BELO DE SE OLHAR, DE TODOS OS SERES HUMANOS, DAVI FOI O FAVORITO DO SENHOR.

O táxi dobrou a esquina, RUE DE SÉVIGNÉ. Mila subiu correndo os três degraus, para os braços de Hannah. Depois do chá com bolo, Mila perguntou: "Posso? Agora?", mas Hannah não respondeu com o habitual "Vá, criança, vá." Em vez disso, explicou: "As ruas não estão seguras, os *goyim* estão protestando entre si. Você não deve sair".

Mila saiu para o terraço. Uma bandeira negra tremulava sobre um telhado. Mais adiante, duas bandeiras vermelhas. Sirenes tocavam, insistentes. Josef juntou-se a Mila. Queria aproveitar este momento em que estavam sós para dizer a ela que decidira consultar um rabino em Paris, alguém mais brando que o Rebbe, um rabino que pudesse considerar permitir a amostra de sêmen.

Mila olhava um cartaz na fachada em frente.

"*Nous sommes tous des juifs allemands*". Ela leu em voz alta: "Nós somos todos judeus alemães".

"O que eles querem dizer com isso?", Josef inquiriu.

"Talvez... queiram desfazer o passado. Olhe, aquele cartaz ali, é o mesmo rosto. Diz: *Libérez Cohn-Bendit*. Não sei o que quer dizer. Será que estão querendo consertar o mundo?"

"Josef, você viu esta *baraita*?", Zalman chamou da sala de leitura. "O Yismach Moshe diz..."

Os dois voltaram para dentro. Josef não conseguiu contar a Mila suas ideias mais recentes em relação ao teste. Mila ergueu o menorzinho de Hannah, aspirou o cheiro do bebê e então, numa explosão súbita, pôs a criança no chão, abriu a porta da frente do apartamento, fechou-a atrás de si e desceu correndo as escadas.

A manifestação estava restrita à Margem Esquerda. As pontes Louis-Philippe e Marie estavam fechadas com barreiras, mas Mila queria ver, sentir essa inquietude que latejava como a dela própria. Correu para o sul e atravessou a ponte de Sully, depois foi para o norte rumo ao bulevar Saint-Michel. Um policial a fez parar.

"*Ma p'tite dame! Il faut rentrer chez vous!*"

No seu conjunto rosa com detalhes pérola cinzentos, o chapéu combinando com os detalhes, essa mulher não pertencia ao Quartier Latin, não neste dia, nem com aqueles tumultos.

Mila ficou na ponta dos pés para ver por cima dos ombros do guarda, para escutar melhor o cântico dos estudantes.

O cassetete começou a girar.

"Mila!"

Ela se virou.

Era Josef arfante, que percebera sua saída e correra atrás dela. Viu os lábios dele se movendo, mas em meio às sirenes e ondas de berros, não pôde ouvi-lo. Pensou que ele devia estar dizendo: *Mas nós somos sagrados. Separados. Nossa preocupação são os seiscentos e treze mandamentos de Deus...*

Com uma rapidez que surpreendeu a ela e ao policial, Mila se virou e mergulhou atravessando o cordão de isolamento. Josef tentou segui-la, mas as pontas de dois cassetetes pressionaram-lhe o peito. "Mila!", Josef berrou. Os cassetetes pressionaram com mais força.

O chapéu tinha balançado ao passar pela onda apertada de casacos azul-escuros da polícia.

"Mila! Mila! Mila!"

Um tentáculo deslizante, delirante a ergueu, carregando-a para diante. Punhos socavam o ar com raiva e euforia. "C-R-S S-S!", cantavam os estudantes. O braço da própria Mila se ergueu. Sua voz, que não devia ser ouvida em público, não diante de outros homens que não o marido, irrompeu — uma deliciosa fusão de fronteiras, seu timbre misturado com o de outras vozes, enquanto ela vagava de um punho erguido para outro, sua voz proibida cada vez mais forte, "C-R-S S-S!"

Josef afastou-se do cordão de isolamento da polícia. Correu para uma rua lateral, depois outra. Todos os pontos de acesso à manifestação estavam bloqueados. *Por favor, Mila, não é seguro. Você está sofrendo. Venho tentando lhe dizer, estou pensando nisso... o teste proibido...* Empurrado por uma multidão, ele cambaleou para dentro de uma porta aberta. Desorientado, sem fôlego, sentou-se num banco. *Não por meu mérito, mas pelo mérito deles, em nome de Abraão Isaac Jacó, Senhor querido, preserva de todo mal Blímele, filha de Rachel, protege seu corpo, guarda sua alma...*

Teria ela fugido correndo porque haviam entrado no décimo ano de casamento estéril? Estaria com medo de que ele pudesse abandoná-la? Estaria tentando arriscar sua vida?

Quando Josef levantou a cabeça, viu à sua frente as dobras azuis, cintilantes, que no conjunto de tafetá azul que Mila vestia no dia em que se reencontraram, frente a frente na mesa de jantar na Rue de Sévigné, e as dobras do manto de Maria... Mas ele estava numa igreja! Seus braços se remexeram como que emaranhados no manto esvoaçante de Maria, sua mão tocou a pétrea pia de água benta, através do prisma de sua angústia e perdas passadas, estava a pia na qual Florina molhava dois dedos para aspergir-lhe a testa com água santa... *Viver, Anghel, viver.*

Os manifestantes marchavam agora em fileiras de trinta, de braços dados atrás de uma fileira de bandeiras vermelhas e negras. Uma canção eclodiu, levada por milhares: *"Debout, les damnés de la terre!"* [de pé, condenados da terra]. Mila não conhecia a letra da "Internacional", mas ouviu as convocações para o levante. Então ouviu o estrondo de botas, da mesma maneira que os estudantes ao seu lado. Curvou-se entrando na fileira, e foi avançando, pedra após pedra do pavimento, até a frente, onde voavam contra escudos e capacetes. Um grupo irrompeu de uma rua lateral. *"Libérez nos camarades!"* Mila começou seu próprio grito de guerra: *"Ei-na-yim!"* Um adolescente que sacudia uma bandeira negra aderiu ao seu hino: *"U-na-nimes! U-na-nimes!"* Os olhos de Mila ardiam por causa da fumaça acre, sibilante. Uma investida a jogou no chão. Um porrete erguido — perto demais, a costura de sua saia se rasgou, a peruca e o chapéu oscilaram, primeiro entortaram, depois sumiram... braços puxando... erguendo... ajudando-a a se levantar... uma escada em espiral, um terraço com vista para a fumaça e os clarões...

"Desinfetante! Curativo!"

Um jovem desenrolou o lenço vermelho de seu pescoço e ajoelhou-se a seus pés. Os olhos de Mila arregalaram-se ao ver o fio escarlate:

... E veio a acontecer no tempo da obra de Tamar, e eis que... aquele um estendeu sua mão e a parteira prendeu em sua mão um fio escarlate...

Depois de costurar o corte no calcanhar de Mila, o jovem correu os dedos pelo cabelo curto em sua cabeça. "Como a musa de Brancusi: lisa e perfeitamente inteira. Perfeitamente linda."

Mila compreendeu que sua peruca se fora; enrubesceu, profundamente.

"Camaradas!", o jovem gritou, estendendo o braço em direção a ela.

"*La révolution est belle*", alguém sussurrou.

Os braços de Mila se levantaram; suas mãos cobriram o couro cabeludo enquanto ela mancava rumo às escadas.

"Não!", os estudantes gritaram.

A mão do jovem no seu ombro, contendo-a. "Os desgraçados golpeiam qualquer um com quem cruzam após a manifestação."

"Eu preciso", disse Mila.

"Eu vou com você."

"Não!", ela retrucou abruptamente, pensando no choque de Josef e Zalman se a vissem ao lado de um *sheigets*. "Quer dizer... fique nos protestos. Eu sei chegar em casa."

O jovem hesitou.

"Por favor!", ela implorou.

Ele deu um passo para trás. "Não esqueça, amanhã às três da tarde em frente à Sorbonne. Use sapatos sem salto, é mais fácil fugir. À *demain!*" Ele beijou sua face esquerda, sua face direita.

Ela saltou escada abaixo, uma mão no corrimão, a outra no ponto onde os lábios dele haviam tocado sua pele. Saiu para a rua e ficou parada enquanto a brisa escovava sua cabeça tosada, que ficara dez anos coberta. Removeu o lenço vermelho do pé e o amarrou em torno da cabeça. Mancando rua abaixo, ouviu os estudantes gritando do terraço: "Seu nome! O Xavier quer saber o seu nome!".

Josef andava de um lado a outro na entrada semi-iluminada. Podia ouvir as crianças gritando na sacada: "Mila! Josef!". Perguntava-se se teria de dizer a Hannah que ela perdera mais uma filha quando a porta lateral se abriu.

Ali estava Mila, um trapo em volta da cabeça, a saia descosturada, descalça. "Estou bem", ela dizia. "Por favor, corra lá em cima e pegue minha outra peruca. Na mala preta. Rápido!"

Josef subiu os degraus correndo, mas a porta se abriu antes de ele tocar a campainha; as crianças na sacada tinham visto Mila. Hannah desceu correndo. Juntou as mãos de tristeza e descrença. "*HaShem yerachem* (o Senhor tenha piedade), onde está sua peruca?"

"É culpa minha", disse Josef. "Nós fomos pegos no confronto."

"Por que, por que vocês saíram?"

"Nós... eu estava curioso", Josef disse. "Não sabia que seria... assim."

E esta foi a primeira vez que Josef mentiu por Mila.

A França entrou em greve. A polícia ocupou a Sorbonne, depois saiu; os estudantes ocuparam a Sorbonne, as ruas se aquietaram, mas depois da incursão nos tumultos, na noite de sua chegada a Paris, Mila permaneceu em casa. Seguramente a sensação de ligação com o mundo exterior, que ela experimentara na noite da manifestação, era um ardil de sua inclinação para o mal. Ela orou para que uma fortaleza de Torá — muros concretos, não metáforas — interceptasse os cantos e as palavras de ordem.

Os dias foram se passando. O retorno para Williamsburg se aproximava e Josef foi ficando desesperado. Pusera tanta esperança nessa viagem a Paris, mas em Paris, também, Mila não saía do apartamento. "As ruas estão seguras agora", ele rogava, "vá ao Luxemburgo, ao Palais Royal." Ela sacudia a cabeça, não. Ele perguntou se adiantaria que ele a acompanhasse, mas não insistiu; percebia que ela se sentia levemente envergonhada ao seu lado, quando as pessoas olhavam — com seus cachos laterais e casaco preto, eles se tornavam objetos de curiosidade nas ruas de Paris. "Não quer levar as crianças para passear?" Mila, sempre, sacudia a cabeça. "Vamos embora em duas semanas." "Uma semana." "Vamos embora em cinco dias." Ela sacudia a cabeça, não.

O retorno iminente a Williamsburg trouxe aos rabiscos no caderno de Mila um tom caótico. Ela mal conseguia decifrar sua contagem de sangue e pureza, seus gráficos de temperatura, numerologias, excertos sobre Tamar e Judá, as *gerações* extraídas do Livro de Rute: *O filho de Tamar, Peretz, gerou Hezron que gerou Ram que gerou Aminadab que gerou Nachson que gerou Salmah que gerou Booz. E Booz gerou Obed que gerou Jesse que gerou Davi...*

DE TODOS OS HUMANOS DAVI FOI O MAIS FAVORECIDO PELO SENHOR.

Na véspera da partida para Williamsburg, Mila registrou em seu Livro dos Dias a elevação de sua temperatura no gráfico: 37; 37,1.

Estava arrumando a mesa do café quando ouviu a porta da frente se abrir.

"Olá, Josef está se sentindo melhor?", perguntou Zalman em voz alta.

Mila parou de arrumar a mesa.

Zalman surgiu na porta da sala. "Ele está se sentindo melhor?"

"Josef não está com você?"

"Ele não estava se sentindo bem e saiu antes de o serviço terminar. Ele não veio para casa?" Fez-se um silêncio. Zalman arrumou o solidéu. "Blímele, este é um... momento difícil para você e Josef. Dez anos..." Mila não olhou nos olhos dele, voltou a pôr a mesa. Zalman continuou: "Josef tem permissão, espera-se até, que ele se divorcie. Blímele, enquanto você obedecer aos mandamentos de Deus, nossa casa é sua casa."

Mila mordeu o lábio e saiu correndo da sala.

Na cozinha, verteu água quente na chaleira, mas não trouxe o chá para Zalman. No seu quarto, atirou-se de bruços sobre a cama que um dia fora de Atara e agora era de Josef. Depois levantou-se, agarrou a bolsa e correu para fora do apartamento.

*

Novas palavras de ordem cobriam as paredes.

FAITES L'AMOUR ET RECOMMENCEZ
(façam amor e façam de novo)

O sol brincava nas venezianas verdes e nos rebocos rosa-claros da Rue Sainte-Catherine.

RÉVOLUTION, JE T'AIME
(revolução, eu te amo)

Às margens do rio, jovens de cabelos longos arranhavam violões sob os salgueiros-chorões. Sinos ecoavam sinos.

LE RÊVE EST RÉALITÉ
(o sonho é realidade)

No Quartier Latin, a estátua do arcanjo Miguel na Fontaine Saint-Michel usava uma gravata-borboleta vermelha. Havia montes de objetos queimados. Aqui e ali um carro capotado, mas agora a atmosfera era doce e eufórica. Núcleos de pessoas envolviam-se em discussões vívidas, todo mundo falando com todo mundo: operários de macacão, garotas de minissaia, jovens com calças boca de sino, e em todo lugar, como se a cidade fosse um livro e as paredes suas páginas:

LA RUE DU POSSIBLE
(rua do possível)

Mila subiu os cinco degraus até o terraço onde se refugiara com os estudantes na noite da confusão. Havia um bilhete já semiapagado preso no parapeito:

MUSE REBELLE, RENDEZ-VOUS À LA PREMIÈRE PLUIE
(musa rebelde, encontro na primeira chuva)

Mila entendeu que o bilhete era para ela, a musa rebelde, com a cabeça lisa de uma escultura de Brancusi.

Teria chovido desde a noite do tumulto? Ela não se lembrava. *Amanhã às três da tarde em frente à Sorbonne. Use sapatos sem salto...*

Dirigiu-se para a Sorbonne.

Ao atravessar a Rue Champollion, sentiu os primeiros pingos de chuva. *O Senhor está comigo!* Virou-se para trás. Saltos batendo, subiu as escadas em espiral para o terraço. Vazio. Um surto de gotas pesadas através da luz do sol a fez lembrar-se de que era primavera; devia ter chovido várias vezes desde que o bilhete fora grudado no parapeito; o rapaz deve ter vindo, esperado, partido.

Fitou a boca da gárgula aberta para o céu, seus olhos cintilantes. Tirou o lenço do rapaz da bolsa, marchou até o parapeito, atou-o em volta do pescoço da gárgula. Ficou parada no estreito rebordo externo do terraço, cinco andares acima da rua. Afagou o focinho alongado da gárgula, fitou sua carranca, beijou-lhe os lábios comidos pelo vento. "Mas Davi era inteiramente belo", ela disse. Observou as andorinhas que a rodeavam e rendeu-se ao seu voo deslizante. Dobrou e esticou os joelhos.

*

Josef chegou à clínica onde marcara uma consulta. Os versículos da Torá pranteavam sobre seus ombros ao entrar no minúsculo cubículo azulejado. Pôs o estojo de veludo que continha seu xale de orações e filactérios fora do cubículo, de maneira que os objetos de culto não testemunhassem sua profanação. Apagou a luz e não olhou as revistas de mulheres nuas.

A chuva batia no peitoril.

Como se eu estivesse com ela, Senhor misericordioso... Não é este o tempo em que ela é permitida?

Suas mãos aproximaram-se de sua *amá*. Se Deus o abatesse como abatera Onan, a morte seria bem-vinda, a morte libertaria Mila de seu casamento estéril.

Ele tentava com as mãos secas. *Minha correta esposa, Mila MilaHeller, Senhor querido, um filho, um lar, um lar judeu, Mila MilaHeller...*

*

A chuva espirrava nos olhos da gárgula. Concebido, concebido, cada pingo que batia ecoava na borda estreita... *Tamar sentou-se perto de Einayim e Judá pensou que era uma meretriz, veio a ela e ela concebeu, concebeu, concebeu...*

E Mila Heller, jamais ergueria um nome para *seus* mortos?

Segurou-se com mais firmeza ao parapeito; hesitou sobre ele, forçou-se de volta para o terraço.

Defronte à Sorbonne, a estátua de Augusto Comte usava uma gravata vermelha. Pessoas entravam e saíam pelo enorme portão. No pátio, as estátuas de Zola e Pasteur brandiam bandeiras vermelhas. Grupos discutiam perto de tablados improvisados cobertos de manifestos, poemas, anúncios; *Marx... Trótski... Mao... Alienação...*

Como haveria ela de encontrar o jovem Xavier nesta multidão?

Um grande cartaz dizia:

IL EST INTERDIT D'INTERDIRE
(é proibido proibir)

Mila ouviu algumas notas, depois um acorde grave. Ali, no meio do pátio despido de suas pedras, alguém empurrara um piano de cauda. No teclado, atrás de um grupo que discutia acaloradamente... ela abriu caminho na direção dele, mas ele olhava para baixo, para as teclas, a face oculta por longos cachos caindo sobre um lenço vermelho.

Ela se recostou sobre a curva do piano. Os martelos tocavam as cordas. As notas ressoaram através dela. Ela se deixou escorregar para o chão, sob o piano. Era alta demais para sentar-se com conforto; reclinou-se. Uma fragrância de terra depois da chuva erguia-se ao seu redor. Seus olhos se fecharam.

As notas subiram por seus tornozelos, ao longo das canelas, deram a volta nos joelhos, pousaram na sua barriga. Seus olhos se abriram. A parte inferior do piano se estendia sobre ela como um céu negro tremendo com melodias.

Descansou a cabeça sobre o cotovelo dobrado.

As notas pairavam em exuberância primaveril. A bota do pianista pressionava o pedal metálico, esticava-se além do pedal, a aba de seu paletó esfregava-se na coxa coberta pelo jeans. Um chaveiro tipo corrente pendia do bolso do paletó. Na extremidade da corrente, um leão sentado sobre as patas traseiras.

A melodia assomava sobre ela.

O pé do pianista pressionava o pedal; o leão avançava, recuava.

Os martelos tocaram um acorde grave.

Dez anos vazios reverberaram com um baque dentro da sua barriga.

Algumas notas agudas, esparsas... fenecendo. Silêncio. Mãos aplaudindo. O vento folheou os panfletos nos tablados.

"*Nem mir*", Mila disse.

O rapaz se inclinou para o lado, ainda sentado no banquinho, espiou embaixo do piano como que duvidando de seus olhos.

Não era o estudante da noite dos tumultos, tampouco era Xavier.
Ela piscou. Os olhares se encontraram.
"*Nem mir*", ela exclamou de novo.
O estudante pôs a mão no ouvido, indicando que não tinha ouvido ou entendido.
"*Nem mir! Prends-moi!* Toma-me!"
Seu pomo de Adão subiu e desceu. Sua mão apalpou o leão de metal na ponta do chaveiro e o deixou cair dentro do bolso do paletó.

Ela caminhava depressa. Ele a seguia. Os quadris dela balançavam na subida para o terraço, passando pelos altos retângulos de luz emitidos pelas estreitas canhoneiras. A mão sobre o ventre, *Quieta agora, dorme, hai li lu li la*... A mão no trinco da porta, *se estiver trancada, Deus está me proibindo*. A porta se abriu.

*

Josef ficou parado no cubículo, um tremor nas pernas. Sua respiração acelerou. Presumira que o ato seria destituído de prazer sem ela... *Senhor querido, Mila MilaHeller*... Ele suava dentro do seu grosso casaco preto e o tremor era agora um balanço que até então sempre fora conhecido como prece. A liberação que ele tivera em nome dela, só que — no pote!

Sua mão sem firmeza pôs o pote no estojo de metal que se abria dos dois lados da parede. Os passos da enfermeira sobre as placas de vinil.

Puxou para cima suas calças pretas, *Perdoa minha fraqueza*. Grudou os lábios nas franjas de seu traje, *Não me puna além das minhas forças*.

*

O lenço escarlate em torno do pescoço da gárgula ondulava na brisa.

Mila debruçou-se sobre o parapeito e não se virou para encará-lo.

Levantou a saia.

Lá embaixo, as árvores tinham um brilho pós-chuva.

"*Tu es belle*", ele disse, "*belle et folle.*" Pronunciou "*folle*" como se a loucura também fosse uma forma de desejo. "*Folle*", ele repetiu, a língua rolando sobre os *ll* enquanto seus braços envolviam-lhe a cintura. Ela levantou a saia ainda mais.

Sentiu uma lufada de ar frio na sua pele nua, entre as tiras da cinta-liga e a ponta das meias com costuras.

Ele desafivelou o cinto.

Como se fosse ele, meu Anghel...

Ele baixou sua calcinha colorida de algodão, sua roupa de baixo dos dias permitidos. Ele a penetrou.

Ela gemeu.

"*Oui, ma chatte!*", ele vibrou.

E sua fala também era uma violação, assim como a luz.

Ele mergulhou mais fundo nela.

O olhar dela se ergueu do pálio cintilante para as nuvens à deriva e os portões celestiais. *Inscreve uma criança, Ó Senhor, no Livro da Vida.*

Ela tremia em torno da rigidez em seu interior, e seus lábios se abriram para a oração que precede a morte: *"Shemá Yisrael Adonai Eloheinu"* (Escuta, ó Israel, o Senhor é nosso Deus).

"Oui, mon chaton, Adonai Echad!" (Sim, minha gatinha, o Senhor é Um!), o rapaz exclamou, rindo, enquanto sua semente a inundava.

LIVRO IV

Williamsburg, Brooklyn

Mila estava impaciente para o abraço de Josef apagar a outra união e a outra semente, ainda que tivesse rezado para que algo daquela outra semente vingasse.

Ela fez sua mala e a de Josef em silêncio; em silêncio sentou-se no táxi para o aeroporto. Ela carregaria o fardo; Josef compartilharia a alegria.

A impiedade do rapaz ainda a aturdia: "Eu conhecia essas rezas quando era garoto. Nunca pensei em dizê-las durante… bem, isto aqui!".

Durante todo o voo para casa, ela desejava poder simplesmente perguntar a Josef: é melhor se a semente é judia?

Toda vez que ela se virava para ele, ele sorria.

Josef sorria apesar da angústia. Se o teste estabelecesse que era infértil, Mila se resignaria ou o abandonaria?

Na primeira noite em Williamsburg, Mila usou a estola que trazia ao conhecimento de Josef que ela estava permitida.

As maçãs de seu rosto estavam pálidas, seu punho apertava o esterno, mas a estola, pérola cinzenta e lavanda sob a luz do abajur, tecia os fios do desejo de Josef. Ele não notou os nós dos dedos apertados, brancos. Pôs a ânfora e o lavatório entre as duas camas, para enxaguar qualquer impureza do sono quando despertassem. Ao pé da cama dela, ele balançava — *Este mês, Senhor querido, um filho...*

O acolchoado farfalhou quando ela ergueu a ponta.

Os braços abertos dela: o lar, o lar dele.

Deitou-se ao lado dela e em seguida deitou-se sobre ela, conforme o prescrito. *Mila MilaHeller, meu pardes, meu próprio jardim do paraíso...* Lembrou-se de que estavam no décimo ano de casamento e isto liberou nele uma energia desesperada. No escuro, conforme o prescrito. Em silêncio, conforme o prescrito.

Não se preocupou que sua paixão pudesse ser destemperada; ela uniu as investidas dele com as próprias, como nunca antes.

Ele lembrou-se de sua semente emitida em vão e que era *semelhante a assassinato*.

Aquietou-se.

Poderia ele estar sentindo o outro, dentro dela? — Mila perguntou a si mesma. Suas pernas envolveram os quadris dele. As coxas o puxaram mais para o fundo dela.

Seu calor ardia através da ansiedade dele.

Suas intenções tinham sido boas, Josef se reassegurava. E afundou mais.

Suas costas se arquearam e ela soltou um grito que a surpreendeu mais do que a ele, e Josef perguntou a si mesmo, no paraíso: *Poderia este ser o som da minha semente, criando raiz dentro dela?*

As lágrimas dela correram das costas da mão dele para o travesseiro. Ele beijou-lhe as pálpebras, o nariz, os lábios.

Caminhando para o serviço religioso na manhã seguinte, Josef agradeceu a Deus por criar MilaHeller e por fazer dele o instrumento do seu pranto. Ela estivera tão recolhida durante a viagem de retorno, mas ontem à noite, seu gemido... *Teus caminhos são insondáveis.*
E os passos de Josef acompanharam o ritmo do seu nome, Mila MilaHeller, e sua respiração continha a marca do arrebatamento dela.
Desejando estar perto dela, foi para casa na hora do almoço.
Ela observou os longos dedos dele abrirem os botões do casaco preto.
Vendo sua palidez, ele disse: "Você não está com boa aparência. Já faz três anos que você começou...".
"Não posso. Não vou parar o tratamento de fertilidade."
"Mila, em Paris, eu..."
"O que... o que em Paris?"
"Nada, meu coração." E afagou sua face. "Você estaria mais feliz se nós nos mudássemos para Paris? Zalman Stern não ficaria contente se deixássemos a congregação do Rebbe, mas eu o enfrento, explico a ele... Será que Paris deixaria você mais feliz? Eu não deveria ter esperado tanto tempo. Me perdoe, me perdoe..."
"Perdoar *você*?"
Ele beijou seus cílios molhados. "Eu nunca deveria ter tirado você da França."
"Você não me tirou. Eu quis vir para cá, com você."

Três semanas depois, a carta da clínica de Paris chegou, informando a Josef que ele não poderia conceber. A análise de sêmen não deixava dúvida; nada podia ser feito. Mila vinha tomando os remédios em vão.

Ele foi inundado de vergonha. Se ofereceria para deixá-la; devia fazê-lo, ela queria tanto um filho.

Colocou o fino envelope num tomo do Talmude. Procurou o momento certo para dizer a ela. "Mila?", chamou da porta de entrada, a voz incerta, não mais segura de que estaria lá, lar dele e lar dela, seu lar um lar.

O tempo do sangue de Mila chegou, e ela observou que não havia sangue.

Envolveu os ombros na estola, para que seu marido soubesse que ela estava permitida.

Buscando palavras para lhe contar sobre sua infertilidade, mas sem encontrá-las, Josef parou ao pé da sua cama, em silêncio, e não a procurou.

Na noite seguinte, Mila usou a estola outra vez e, outra vez, Josef não a procurou.

"Venha para mim", Mila sussurrou, erguendo a ponta do acolchoado.

Mila jamais falara assim, jamais o chamara dessa maneira; cabia sempre a ele, ao pé da cama, esperar o suave farfalhar do algodão.

"Josef, eu descobri... ontem."

Seu lento pânico. Teria ela visto a carta da clínica de Paris? Mas então, por que havia júbilo em sua voz?

Ela tomou sua mão e a pôs sobre a barriga. "Eu estou grávida."

Um calor tomou conta da mão de Josef. Uma esperança selvagem, faiscando do coração para a cabeça, de que o pranto dela na noite do retorno de Paris tivesse sido o som de sua semente criando raiz; Deus atendera às preces de ambos, milagres aconteciam — mas ao mesmo tempo que o feroz desejo dilacerava seu peito, ele não foi em direção a ela, não a abraçou. Ele estendeu o braço. A estola escorregou de seu ombro, para o piso, mas Josef não a pegou. Pés cravados no chão, ele oscilou entre a possibilidade de um milagre e a carta de Paris, o informe do laboratório dizendo que ele jamais poderia gerar filhos.

Ela afastou as cobertas. "Sou eu, *Mila Heller!*"

Josef contara a Mila que em seus pensamentos ele ainda a chamava *Mila Heller*. Lich-ten-stein soava tão decisivo, ele dissera. Três golpes de martelo. Ao passo que Heller — aspirando o *h*, ninando o *l*, rugindo com o *r*: *Heller, MilaHeller...*

"*Lichtenstein*, seu nome agora é Lichtenstein", ele gaguejou.

"Eu estou grávida, Josef!"

As palavras dele saíram, assombradas: "Eu fiz o teste, o teste proibido...".

"E eu estou grávida!" A voz dela era feroz, selvagem. Ao pé da cama dela ele balançava, como Zalman diante dos túmulos, *Deus, cheio de misericórdia...* Então suas mãos se juntaram e ele caiu de joelhos de um modo que Mila não reconheceu. Sua boca se escancarou. "Josef?", ela sussurrou.

Ele lutou para se levantar.

Os dois ficaram em silêncio; pálidos e silenciosos.

Ele foi para longe dela, não para perto.

Ele fechou a porta do banheiro. Debruçou-se sobre a pia. Chorou.

*

Algum outro acariciara sua face, envolvera com a mão o seu seio?

Em Paris, é claro. Algum velho conhecido do liceu, da sinagoga? A noite que ela chegou descalça e sem peruca? Em que rua, que margem de rio? A *amá* estranha cindira sua carne, a separara dele.

Apedrejada se for prometida.
Estrangulada se for casada.
Queimada no fogo se for filha de sacerdote.

Teria o Senhor o punido por ter se deleitado nela? Rabi Nachman de Bratslav ensinava que prazer no casamento era adultério contra o Senhor; o homem pio sente *dor* durante o intercurso. Onde o nome dela brotara de seus lábios, Josef devia ter se esforçado para pôr o nome Dele; em vez de *MilaHeller: Kanah, Tsevaot, Shadai*...

Durante o dia Josef se mantinha distante de Mila; à noite, ele apertava o *gartel* em torno de seus quadris, a faixa preta usada durante as orações para separar os domínios superiores dos inferiores, que agora Josef usava na cama. Do que podia Josef abrir mão para apaziguar o Senhor, exceto seu desejo por MilaHeller?

O lençol branco de Mila, ondulando quando ela se virava no sono, desfazia tudo. Ele apertava o *gartel* ainda mais. Mergulhava em seu sonho com ela, em vez de mergulhar nela.

Pela manhã, seus testículos inflamados o puxavam de volta para a carne ainda antes de pôr o primeiro filactério, enrolando a faixa de couro preto em torno do antebraço, sete vezes, ainda enquanto prendia a palavra do Senhor na sua testa: *Cuida para que a ira do Senhor não se acenda contra ti.*

Josef sentou-se na beirada do sofá, cabeça entre as mãos. Mila entrou e sentou-se na outra ponta do sofá.

"Não", disse Josef sem erguer os olhos. "*Assur*" (proibido).

"O que é proibido?"

"Você. Para mim."

Ela se levantou do sofá. "Por quanto tempo? *Assur* por quanto tempo?"

Ele não respondeu. Um menino criado apenas em Williamsburg já teria ido aos rabinos.

"*Assur* para sempre?", ela perguntou. Ele ficou calado. "O que você está dizendo é cruel."

"O que *eu* estou dizendo? É o que a *Lei* está dizendo."

"Que Lei?"

"A Lei pela qual nós nos casamos! *Eis que tu me és consagrada de acordo com a Lei de Moisés e Israel.*"

"Eu sempre fui fiel. Pense nisso, Josef: Tamar, Rute... o próprio Messias vai surgir da linhagem sanguínea delas. Olhe para mim" — ela olhou direto nos olhos dele — "eu fui fiel a você e a nossa Lei. Eu fui a *Einayim*. *Nem mir*, eu disse. Josef, eu estou grávida. Nós esperamos por isso tanto tempo. *Grávida*, Josef!"

A voz esmaecida dele: "Eu... tenho que me divorciar".

"A única coisa que faltava era um filho!"

"Um filho, este filho..."

"Este filho?"

"Se nascer..."

"*Se* nascer!", a voz dela trovoou para fora de seu peito.

Ele deu um passo para trás.

Ela deu um passo para a frente. "*Se* ele nascer!"

Ele disparou porta afora, cambaleando os cinco degraus abaixo.

Suish. Mila abriu os olhos. Suish, suish. Era Zalman afiando suas facas rituais na cozinha no meio da noite? Suish. Ela se sentou. Não estava em Paris. Levantou-se. Abriu a porta do banheiro. As costas de Josef estavam estriadas. Sua mão segurava um cinto.

Ele se virou e a viu parada na porta, de boca aberta. "Maimônides instruía as cortes rabínicas a açoitar sacerdotes que não se casassem com virgens..."

"Você não é sacerdote. E se casou, sim, com uma virgem."

"Não somos crentes, Mila? A criança..."

Da mesma forma que se debatera em busca de palavras para contar a Mila que era infértil, agora Josef se debatia para lhe dizer que sua criança poderia ser *para sempre proibida de entrar na Congregação do Senhor*. Não encontrou as palavras. Agarrou seu casaco; mais uma vez desceu as escadas correndo.

Mas o Senhor encontrara as palavras e o Senhor observava. Em casa, Ele observava se Josef se aproximava de sua esposa proibida; na Casa de Estudo, Ele mantinha a contagem da procrastinação de Josef, das horas e dias que Josef esperava antes de falar com os rabinos.

Se ficar provado que a esposa cometeu adultério de própria vontade, ela se torna proibida para o marido. A Lei não permite mitigação por parte do marido. O homem não pode perdoar o que Deus proíbe. Deus, assim como o marido, está ofendido.

O medo que um dia atara um nó na barriga de Josef retornou. Na penumbra da Casa de Estudo, ele viera a confiar que a palavra *judeu* não precisa ser uma ameaça; agora a ameaça era a

Casa de Estudo, as armas em cruz que costumavam rodopiar nas braçadeiras dos milicianos agora rasgavam por dentro.

Josef não voltou para casa durante várias noites.

*

Mila largou-se sobre a pia, enxaguou a boca. Seus seios formigavam e ela sorriu para a criança não nascida. Se fosse menina, ela lhe daria o nome de Rachel, em memória de sua mãe, Rachel Landau; se fosse um menino, chamaria Gershon, nome de seu pai, Gershon Heller...

Josef surgiu de repente do nada. "Quem sabe ele não era judeu? Se não era judeu então a criança... só o filho de um judeu... de um judeu e" — gotas na sua testa — "um judeu e uma mulher judia casada com outro..."

"Você não entende, Josef. Há precedentes..."

"Essa criança... a situação dessa criança..."

Mila se pôs muito ereta. "Meu bebê, meu bebê é uma *situação*? Sim, de fato a semente era judia, mas não foi isso..."

"Judia!"

Os olhos dela se arregalaram. "E isto é ainda pior?"

Ele fugiu.

Nessa noite, mulheres de lenços na cabeça, batendo no peito, substituíram o longo sonho de Mila com uma criança, mulheres se lamuriando: "Nós transportamos um sangue judeu puro e recatado por gerações, e Mila Lichtenstein o estragou!". Zalman estava no púlpito, de boca aberta, mas calado. Ele a perseguiu com um cinto; ela correu, deu um passo em falso, seu grito por ajuda ficou preso na garganta enquanto uma torrente de orações que um dia a orientaram passavam voando e atingiam as rochas como vapor.

Pela manhã, seus seios voltaram a formigar. Essa nova vida dentro dela, essa resposta a suas súplicas, como podia não ser bom?

Suas vizinhas a congratulavam. Uma delas trouxe um *kugel* de batatas. "Poupe-se, Milenka, Deus atendeu às suas preces." Outra trouxe *guefilte fish*. "Você está carregando uma criança especial, um *tsadik*." Zalman acrescentou algumas palavras à carta de Hannah: *O Senhor escutou nossas súplicas. Júbilo sem igual com a notícia...*

Josef saía cedo e voltava tarde. Não faziam as refeições juntos, exceto no shabat. Nas noites de quinta-feira ele ainda descascava cenouras, mandioquinhas e batatas para a sopa de galinha do dia seguinte, mas o fazia depois que Mila ia para a cama. Punha os legumes numa bacia de água no refrigerador. As mãos de Mila tremiam quando ela abria o refrigerador e pegava a bacia. Suas mãos tremiam ao pôr cada prato sobre a mesa de shabat.

Mila estava grávida de sete meses quando, ao tirar a mesa do shabat, tropeçou no tapete. Josef precipitou-se e a segurou nos braços. Soltou-a depois de ela recuperar o equilíbrio, mas suas mãos sobre a barriga crescida sentiram que havia algo de sagrado em Mila e a criança.

Depois que o shabat terminou, Josef enrolou o tapete.

A partir daí, toda vez que ele chegava perto da casa do Rebbe, a curva da barriga de Mila bloqueava os degraus da entrada, e Josef retrocedia.

*

    Hannah veio de Paris para os trabalhos de parto de Mila. "Senhor do Céu, o que há de errado?", ela disse quando Josef foi buscá-la no aeroporto.
    Mais tarde, Hannah perguntou a Mila: "Josef está doente? Você precisa me dizer. Uma mãe faz qualquer coisa pelos seus filhos".
    As mãos de Mila apalparam a barriga. "Josef, também, fará qualquer coisa para salvar a criança."
    "A criança precisa ser salva? Que o Senhor tenha piedade, o que dizem os médicos?"
    "Os médicos? Não, não, o bebê é forte, sinta, sinta como ele chuta, conte a Josef como o sentiu chutando... Ele deve chegar logo, vamos pôr a mesa."

    Josef não tentou optar entre seus sentimentos e obrigações durante o trabalho de parto de Mila. Por dezesseis horas ele rezou; por dezesseis horas andou de um lado a outro pelos corredores do hospital recitando salmos, incontrolavelmente, para Mila sair incólume, até que a enfermeira bateu no seu ombro, a mãe e a filhinha estavam bem.

    Ficou parado diante da porta do quarto de Mila na maternidade. Uma enfermeira entrou com o bebê que chorava, e os lamentos da criança proibida apossaram-se do coração de Josef.
    "Nosso tesouro está com fome!", Josef ouviu Hannah dizer. Então: "Josef? É você aí na porta? Não vem dizer *mazel tov* para sua esposa?".
    Ele entrou no quarto.
    A camisola de Mila estava desabotoada. Ela pressionava um mamilo inchado na boca pequenina. Os sons da boca sugando

encheram o quarto. Josef olhou para a recém-nascida encolhida junto ao colo da mãe, fitou o seio nu, redondo, pleno. Os novos aromas de óleo de bebê e leite materno o deixaram tonto.

"Olhe só esses dedinhos!", Hannah disse. "Perfeição perfeita *keneinehoreh* (sem mau olhado)." Então: "Quando vierem passar o Pessach conosco em Paris, devem ficar o verão todo. Por que não? Mila vai descansar. E você, Josef, vai estudar com Zalman... o que há de errado?".

"Um babador, depressa!", Mila gritou enquanto a boca do bebê se enchia de espuma.

Hannah trouxe o bebê para seu ombro, dando-lhe pequenas palmadas nas costas.

No apartamento vazio, Josef observou a passarela suspensa enquanto a aurora ia acinzentando a janela da sala. Viu as silhuetas correndo para o primeiro serviço. Os casacos pretos e chapéus pretos, os longos cachos laterais que amansavam cada um desses homens individualmente e tinham feito com que ele se sentisse seguro nas ruas de Williamsburg, agora se tornavam ameaçadores como grupo; um exército de uniforme obedecendo a um único comando.

Pensou em Mila segurando a criança junto ao seio, seu semblante sereno, finalmente. Apertou a tira de couro do filactério em torno do braço até os dedos formigarem. *Perdoa-me, Senhor, permite que a criança beba durante um ano o doce leite materno; irei aos rabinos quando ela completar um ano.*

Hannah não ficou as três semanas planejadas; a conduta do casal a deixava nervosa. Receou que sua presença pudesse exacerbar aquilo que os dilacerava enquanto se afastavam um do outro.

Em abril, os Stern receberam um telegrama: *Não podemos viajar para Paris neste Pessach*. Hannah olhou o berço vazio, o cobertor rosa de crochê que acabara de fazer. *Eles precisam vir*. Não vieram. Nem nesse Pessach, nem em nenhum outro.

*

Como se cuidar dela pudesse curar a situação formal da criança, Josef atendia ao seu mais leve choro. Foi ele quem viu o primeiro sorriso de Rachel. Estava parado junto ao berço, chamando, "Rucheleh, Rucheleh..."
Rachel, quatro semanas de idade, arrulhou e sorriu de volta.
Foi Mila quem viu sua primeira risada. Rachel, oito semanas de idade, estava observando suas próprias mãos se movendo, olhando e dando risadinhas.

As noites se passavam, Mila e Josef em suas camas paralelas.
Mila cantava para a criança enquanto seu coração balançava para lá e para cá com o berço entre as camas: *"Hay li lu li la..."*
Josef escutava a respiração de Rachel como se buscasse uma resposta, se Deus queria que essa criança vivesse.

À medida que as bochechas de Rachel iam ficando cheias e redondas, Josef emagrecia. Quando ela balbuciou as primeiras palavras, Josef ficou mais calado, e seu silêncio era um pecado: ele estava ocultando a situação da criança, estava ficando com sua esposa — mas desde a noite do retorno de Paris, Mila e Josef permaneciam em camas separadas todas as noites do mês.

O primeiro aniversário de Rachel foi se aproximando e Josef decidiu que estava entregue demais ao próprio corpo. Os rabinos aconselhavam jejum; quanto menos gratificada a carne, mais podia-se esperar dominá-la. Josef começou a jejuar às segundas e quintas-feiras, dias de lamentação pelo Templo destruído. Mas a fome apenas aguçou seu desejo, da mesma maneira que a enorme quantidade de comida quando quebrava o jejum após o pôr do sol. O suspiro da camisola de Mila ao assentar-se sobre seus ombros, sua voz ao ninar a criança: *"Hay li lu li la…"*. Josef apertava a faixa em torno da cintura.

Toda noite, Mila ouvia o ruído dos tomos de Talmude sobre a mesa de jantar; toda noite, Josef perdia outra batalha. Não havia nenhuma cláusula, nenhuma isenção. Uma noite, ela o ouviu gritar: "Israel engana o Senhor e pode retornar, mas minha Mila não pode retornar a mim?".

Agora Rachel engatinhava para a porta de entrada assim que ouvia a chave de Josef arranhar a fechadura. Agarrava a perna de sua calça até ele tomá-la nos braços; pegava a aba do seu chapéu preto, jogava-o no chão e caía numa borbulhante gargalhada. Josef apanhava o chapéu, punha-o de volta na cabeça. Rachel pegava novamente a aba preta e o jogava no chão. Josef apertava contra o peito a menininha com fivela no cabelo.
Perdoa-me, Senhor, quando ela fizer dois anos falarei com o Rebbe.

Rachel, quinze meses de idade, estava desmamada, mas Mila não tirou o berço do quarto; temia que Josef pudesse voltar para o sofá da sala se a criança não dormisse mais entre as duas camas.

O sangue de Mila voltou e ela retomou suas inspeções íntimas e visitas mensais ao banho ritual. Abster-se dos banhos não era opção, mesmo que Josef nunca mais a tocasse de novo: as perspectivas de casamento da pequena Rachel seriam nulas se se desconfiasse que sua mãe não estava guardando as leis de pureza familiar. E essas leis que tanto surpreenderam Mila quando as ouviu pela primeira vez, como adolescente em Paris, eram agora o repositório da valiosa época em que ela simplesmente pertencia a Josef e Josef pertencia a ela. Todo mês, emergindo da pequena piscina de águas purificadoras, Mila não conseguia deixar de se preparar para Josef. Ao voltar da casa de banhos, envolvia seus ombros na estola que informava a Josef que estava permitida. Ficava parada diante do espelho triplo, sussurrando seu próprio nome com as entonações de Josef: *Mila MilaHeller...* Aproximava o travesseiro de Josef do nariz e lembrava-se do cheiro de palha e tecido rústico, o cheiro do menino da fazenda, naquele tempo, mas o travesseiro de Josef tinha agora o cheiro das amareladas páginas do Talmude que seus dedos folheavam, e por baixo o aroma de seu desejo por ela.

Tirou a estola dos ombros e a dobrou, formando um quadrado perfeito. Pôs o quadrado dentro da gaveta.

No dia seguinte, Josef abriu a gaveta. Seus dedos se fecharam sobre a estola. Aproximou a seda macia do nariz. *Senhor querido, acalma meus pensamentos para que não se voltem para ela; faz com que eu tropece e caia, que minha mão não a alcance. Senhor querido, não atendas a minha prece...*

Rachel tinha dois anos quando Josef começou a lhe ensinar o alfabeto.

"א, *alef*, um, como em: Nosso Senhor é Um."

"ב, *beit*, como em בראשית (*bereshit*), *No Começo*..." Josef guiava os dedos da pequena sobre o bloco de madeira em relevo. "Por que a nossa Torá começa com a segunda letra do *alef-beit* e não com a primeira? Você sente como o formato da letra ב é fechado para o que vem antes dela? Você sente como ela se abre para o que está por vir? Nós não devemos inquirir sobre o que vem antes do Começo..."

Aos três anos, Rachel entrou na escola maternal. Todo dia suas mãos cheias de covinhas dançavam ao som de um pequeno verso enquanto as palavras eram expelidas através dos seus dentes de leite. "Yuditel e Saraleh e..." A neve derretia todo dia nas estações da pequena Rachel.

"Fale mais devagar, temos a tarde toda", ensinava Mila, mas Rachel se agarrava às pernas de Josef enquanto mais palavras eram despejadas de seus lábios. "Tate não a tarde toda... e Haye empurra o castelo e p'ssora diz..." Quando Rachel ficava com medo de que a atenção de Josef pudesse se dispersar, ela gritava: "No começo! Tória de letras!", e se sentava quietinha até Josef começar.

"História das Letras. Todas as letras estavam escondidas. Deus olhou as letras escondidas e Ele se deleitou nelas. Então Deus pensou na Criação e cada letra se apresentou e defendeu sua posição. Alef disse: 'Não seria adequado abrir a Criação com a primeira letra do *alef-beit*?'. E Deus respondeu: 'Você, Alef, eu já escolhi para começar os meus dez mandamentos'. Depois de cada letra falar, Deus determinou: 'Vou começar a Criação com o Beit porque Beit, *dois*, vai ensinar que há *duas* criações: este mundo e o mundo vindouro'."

"Tória de luz, tate!" Rachel bateu palmas.

E o enlevo da menina também apertava o coração de Josef.
Quando ela fizer quatro anos, eu irei. Com toda certeza, irei.
Quando tiver cinco.
Seis.
Será mais fácil quando Hannah vier visitar.
Não foi mais fácil quando Hannah veio de visita.
Aos doze, ela será adulta aos olhos da Lei. Irei antes do décimo segundo aniversário.

Josef estava subindo o alpendre da casa do Rebbe quando Rachel, doze anos de idade, veio correndo pelo quarteirão, mochila da escola balançando nos ombros, a mão segurando o boletim. "Olha, tate, olha!"

Josef desceu de volta. Este semestre, também, Rachel era a primeira da classe. "A mame vai ficar orgulhosa", Josef disse.

"E você, tate, está orgulhoso?"

Josef afagou a cabeça da criança. "É claro que estou." Tirou a mochila dos ombros dela. "Que coisa mais pesada para uma menininha."

Seguiram juntos para casa, Rachel saltitando ao lado de Josef, perguntando repetidamente na sua voz aguda e melodiosa: "E você, tate, está orgulhoso, está?".

Não há nenhum pecado novo antes de ela ter idade para se casar. Então eu irei, não vou permitir que a semente se misture.

Rachel, aos doze anos de idade, ansiava ser como suas colegas, raramente na rua sem um carrinho de bebê ou segurando a mão de um irmão ou irmã mais novo. Em toda ocasião, ela se oferecia para tomar conta dos irmãos das amigas, e o coração de Josef se apertava quando ele se perguntava se Rachel imaginava quando teria seus próprios filhos, nascidos felizes dentro da comunidade.

"Seu pai é estranho", suas amigas lhe diziam, "ele chora quando vê você." "Todos eles choram quando veem crianças, toda a geração dele", Rachel respondia. "O choro dele é diferente", as amigas insistiam. Mas ela não percebia a angústia de Josef como especificamente relacionada a ela. Atribuía o fervor das orações do pai, sua tristeza e melancolia, a exagerada preocupação por ela, os silêncios, à maneira como as pessoas de antigamente tinham uma escuridão dentro de si, da qual não podiam fugir, uma escuridão que brotava da guerra contra os judeus da qual eles não falavam.

*

Rachel, aos dezessete anos de idade, chegou da escola e descreveu a alegria que tomou conta da classe naquela manhã. As aulas foram suspensas, mesas e bancos empilhados contra as paredes, e todas as moças cantaram e dançaram, levantando a cadeira da primeira a ficar noiva. "Você precisava ouvi-la gritando quando a cadeira quase despencou! Você conhece este passo, mame?" Rachel puxou sua mãe para a sala de estar; uma verdadeira filha de Israel se intimida de dançar mesmo na frente do pai.

Josef ouviu mãe e filha fazendo o novo passo entre o sofá e a mesa; ouviu risos, sua cabeça se curvou.

O que estou fazendo? O que eu fiz?

O telefone tocava com mais frequência na casa dos Lichtenstein. Uma moça tão talentosa, bonita como a mãe, alta como o pai...

"Minha Rachel mal fez dezessete anos!", Mila protestava.

"Você quer esperar até todos os bons rapazes estarem comprometidos?"

O velho professor de Josef, Halberstamm, ouviu falar da devoção de Rachel, de sua intensa disposição. Ele também ligou. "Bendito seja o Senhor, a sua filha já se tornou adulta. Vou direto ao assunto, Josef. Você conhece o meu filho mais novo..."
O filho de Halberstamm se sentaria para estudar — o tempo era precioso demais para uma cabeça tão boa trabalhar para se sustentar, mas uma moça prendada como Rachel acharia facilmente um emprego, lecionando no jardim de infância ou na escola primária. Posteriormente, quando o trabalho conflitasse com a criação dos filhos, Deus proveria.

Rachel Lichtenstein, dezessete anos, e Shai Yankel Halberstamm, dezoito, conheceram-se frente a frente na mesa de jantar. Rachel queria um marido centrado em buscas materiais ou um que estudasse a Torá? Torá, é claro. Onde Rachel queria morar? Bem aqui, em Williamsburg, perto da mãe e do pai. Ela consideraria a possibilidade de passar um ano perto da yeshiva dele após...

Ele queria dizer, após o matrimônio.

Ambos olhavam para baixo, para a toalha de mesa bordada. Ambos enrubesceram.

No fim da noite, estavam noivos.

*

Josef começou a jejuar todo dia da semana, não só nos dias de lamento pelo Templo destruído.

Confrontada com a angústia de Josef, Mila ponderou se *ela* deveria ir a uma corte de lei rabínica para provar sua inocência em *Einayim*, pois quem melhor que o Senhor para saber que Rachel fora concebida com Seu nome nos lábios da mãe? Rachel era tão pura quanto o rei Davi, Rachel era amada pelo Senhor. Uma corte rabínica proclamaria a inocência de Mila, e Josef voltaria a comer, ficaria ao pé da sua cama...

Mas juízes cometiam erros; eles teriam queimado Tamar e extinguido a linhagem do rei Davi, não tivesse Judá proclamado: *Ela é mais justa que eu.*

Quem se apresentaria para salvar Rachel se os juízes errassem no seu caso? Teria o veredito de uma corte alguma importância? Quem, em Williamsburg, se casaria com Rachel, caso pairasse a mais leve dúvida sobre sua situação legal? Mila não foi a uma corte de lei rabínica.

O próprio Rebbe dançou no matrimônio desta noiva nascida de dois órfãos resgatados. No seu cafetã branco de brocados, meias brancas, sapatos pretos sem cadarços, o Rebbe dançou segurando uma ponta da sua faixa branca; a noiva segurava a outra. Seus pés traçavam combinações místicas de letras em frente a Rachel enquanto ela, olhos fechados, balançava em oração: *Que Shai Yankel e eu formemos um casal honrado em Israel...*

Então foi a vez do pai de dançar com a noiva. Josef aninhou as mãos de Rachel nas suas. Saltando de um pé a outro, ele sabia que era sua última chance de falar antes do matrimônio ser consumado, antes de outra semente de Israel ser corrompida. Mas ele podia ouvir o lamento de Rachel saindo da corte rabínica: *Meu casamento inválido? Meu marido proibido para mim?* Podia ver Rachel encolhida na mureta defronte ao salão, enquanto os homens do lado de dentro dançavam em outros matrimônios.

A criança é inocente!, Josef protestou.

É claro, a criança era inocente. A Torá e os rabinos jamais alegaram que o infortúnio de um *mamzer* era ético. O Senhor ordena; o homem obedece.

Os Sábios diziam que aqueles que eram conduzidos à tristeza por serem *mamzerim* estarão sentados em tronos de ouro quando o Messias vier. Lágrimas escorreram pelas faces cavadas de Josef. *Tronos de ouro?* Rachel precisava do seu Shai Yankel, precisava que seu casamento fosse válido, não precisava de um *trono de ouro*.

Alguns convivas já cochichavam: Ofuscar o casamento da filha com tamanha tristeza!

*

Nove meses após o matrimônio, Rachel deu à luz uma menina, que chamou de Judith, em memória da mãe assassinada de Josef, Judith Lichtenstein.

A pele de Josef se tornou cinzenta. Que grau de autoflagelação poderia redimir seu silêncio agora?

Rachel chamou seu segundo filho de Chaim Yankel, em memória do avô do marido deportado para Auschwitz.

As unhas de Josef ficaram quebradiças.

Ela chamou seu terceiro filho de Gershon, em memória do pai de Mila.

A quarta filha ela chamou de Pérele, em memória da irmãzinha de Josef, e acrescentou o nome Alte, para que Pérele vivesse até uma idade avançada.

A vista de Josef ficou fraca. Ele sempre estava com frio.

Quando Rachel deu à luz o sexto filho, Josef sofria fases de fraqueza muscular durante as quais mal podia andar. Em seu transe induzido pela fome, via sua barba balançar no prego cravado na palma da mão de Jesus.

Uma referência no Shulchan Aruch — a Mesa Posta —, o autoritário código rabínico, atormentava Josef, ainda que oferecesse algum alívio para as perspectivas dos filhos de Rachel:

> *A declaração do marido sobre a* mamzerut *do filho não é digna de crédito se este já tiver filhos próprios, pois isto macularia o filho do filho com* mamzerut *e a Torá não conferiu um poder tão grande a um marido.*

Agora que Rachel tinha filhos próprios, uma corte rabínica não teria permissão de acreditar nele, se Josef falasse.

A Lei consentiria que ele evadisse à Lei?, Josef se perguntou.

Mesmo que sempre tivesse sabido?

Outra referência narrava como um rabino fora longe para evitar infligir o estigma da *mamzerut*, admitindo ter havido uma gestação de dez meses no caso de um marido que estivera em viagem nove meses antes.

Mas se os juízes não tinham mais autorização de acreditar nele, então Josef seria condenado como os transgressores que nunca são trazidos diante de uma corte humana — profanadores dissimulados do shabat, masturbadores, adúlteros secretos — e receberia a punição de *karet*, sua alma exilada da presença de Deus. Inverno eternal.

E o mesmo aconteceria com Mila.

*

A água ferveu na chaleira esmaltada azul. Mila despejou flocos de aveia nas borbulhas, um pouco de sal, e reduziu o fogo.

"Mila?", Josef chamou.

A colher de pau parou de mexer. Ela se virou para o calor na voz dele — como se ele tivesse esquecido. "Oh, Josef, posso adicionar frutas na sua aveia?"

"Hoje não."

"Mas se você não melhorar a sua dieta…" A colher voltou a se mexer, agitando a nata que já formava dobras na superfície da aveia. O médico advertira acerca de uma degeneração irreversível das células; Mila implorara, lembrando a Josef que não comer era suicídio e suicídio era proibido. Ainda assim, ela não solicitara a presença de Zalman Stern nem do Rebbe, que poderiam ter forçado a pergunta de que pecado Josef cometera que requeria tal expiação.

"Seus olhos… as gotas estão ajudando?", ela indagou.

"Estão."

Mila viu o pote de aveia, intocado, sobre a mesa de jantar. Recostou-se contra a parede, sobre o papel desbotado. Sentia-se tão impotente observando o corpo decrépito de Josef que quase desejava um declínio mais rápido. Mas a um quarteirão estava o consolo de Rachel realizando o sonho de Mila de um lar cheio de crianças: meninos estudando a Torá, meninas preparando-se para ser mães em Israel. O lar de Rachel confirmava que, se tivesse havido um pecado, era um pecado em nome da redenção: *Descer em nome da ascensão.*

E Rachel dando à luz mais outro filho renovava a resolução de Mila de suportar os colapsos de Josef.

*

Quando Josef, com sessenta e dois anos, ficou fraco demais para andar, Mila o ajudava a sair da cama. A primeira vez que sua mão tocou a dele, ambos contiveram a respiração. Os centímetros quadrados de pele contra pele despertaram as alegrias passadas de seus corpos, e as privações despertaram a questão de a Lei poder ser suavizada.

O Senhor perdoa o pecador, sussurrou uma voz que Josef ouvira ao ficar do lado de Florina na missa. Mas outras vozes clamavam: *O Próprio Deus está ofendido*.

Pela manhã, Mila levava Josef na cadeira de rodas ao quórum de orações mais próximo. Esperava no alpendre se estivesse quente, no vestíbulo da entrada se fizesse frio. Trazia-o de volta para casa após os serviços e o ajudava a sentar-se na poltrona onde permanecia, curvado sobre uma lupa, examinando os tomos do Talmude.

De tarde, Mila pegava o velho acolchoado de Josef, aquele que Florina um dia amarrara com uma corda, que Mila lavara e guardara com sachês de lavanda, e que voltara a pegar num dia de inverno quando Josef sentia muito frio. Envolveu nele os joelhos nodosos e tornozelos magros dele, arrumando a franja desbotada perto do coração.

Enfiado no seu acolchoado, Josef lembrou-se de suas duas mães, ainda que não conseguisse evocar o contorno de seus rostos. Sorriu, e Mila também abriu um sorriso enquanto saía da sala de estudos na ponta dos pés, deixando a porta entreaberta, ligeiramente, para poder ouvir se ele chamasse.

À noite, ela o levava na cadeira de rodas ao quórum de orações, e de volta à poltrona junto à estante, onde ele ficava até depois da meia-noite lamentando os Templos destruídos. Aí ela o ajudava a ir para a cama. Quando sua respiração sossegava, ela fechava os olhos.

*

Uma tarde, enfaixando os pés de Josef, Mila sussurrou: "A mais velha de Rachel, Judith...".

"Algo de errado com Judith?"

"Não, não, nada de errado. Ela tem... dezessete anos."

"Judith nasceu em 21 de kislev de 5749... isso mesmo, dezessete."

"É o que estou tentando dizer. Judith está..."

Um pavor o envolveu. "Com quem?", perguntou, num tom que mal podia se ouvir.

"Um bom partido", ela balbuciou, "uma honra para a nossa família."

Houve um longo silêncio durante o qual Mila imaginou que talvez Josef não precisasse saber.

"Quem?", Josef sussurrou.

Um pouco do orgulho a que Mila sentia ter direito penetrou na sua voz. "Nossa Judith está noiva de Yoel Stern, filho de Schlomo, neto de Zalman."

Josef engasgou.

"Judith está tão feliz", insistiu Mila.

O telefone tocou. Ela saiu da sala de leitura e Josef a ouviu recebendo as congratulações da sra. Halberstamm. Os olhos dele se fecharam. A linhagem de Halberstamm estava *passul* (corrompida)... seria agora a vez de Zalman? Será que Rachel e seus filhos iriam corromper a linhagem de todos os chassidim mais pios?

Não, o noivado de Judith com um neto Stern não era por acaso. Era um sinal. Deus estava mandando Zalman Stern para salvar a ambos uma última vez.

Ele iria ao Rebbe.

Ou talvez ao próprio Zalman.

Zalman cancelaria o noivado.

Josef pensou na sua primeira neta, Judith, que aos cinco anos enterrara o nariz no seu xale de orações porque *gostava do cheiro da santidade*. Mais tarde Judith afagou as letras douradas do Talmude de Josef, declarando que se tornaria uma *mulher de valor* e sustentaria os estudos da Torá de seu marido. Perguntou se era parecida com sua homônima, a mãe de Josef, e inquiriu pela comunidade buscando a receita do pão de nozes e avelãs — não como era preparado em Kolozvár ou Szatmár ou Tamesvár, mas a receita de Maramureş, onde o vovô Josef nasceu. A menina ficou radiante quando ele comentou que os pãezinhos de Judith tinham o cheiro de casa.

Talvez não Zalman...

Rachel, ele deveria falar com Rachel. Ela tinha a força que ele nunca teve... Ela iria ao Rebbe, iria imediatamente.

Que Rachel decidisse; os filhos eram dela.

Ele falaria com ela.

Começaria... venha, ovelhinha inocente, ele começaria... como um pai abençoando a filha... *Que o Senhor permita que você seja como as mães de Israel, como Sara, Rebeca, Rachel* — e a abençoaria três vezes, e aí falaria e Rachel, que fora criada para seguir os mandamentos do Senhor, iria ao Rebbe.

Ele viu os filhos de Rachel encolhidos do lado de fora da sinagoga, apertando-se contra a mãe depois de ela ter falado; viu Rachel cobrindo o rosto com um véu, de vergonha. Ele ergueu os olhos para o céu.

Você alega não desejar sacrifício humano, mas *é* em nome da faca de um pai contra a garganta do filho que nós pedimos perdão.

Sua cabeça se curvou.

Sim, falarei com Rachel.

Como Isaac no altar pedindo para ser amarrado *com força* para compensar seu medo da faca, nossa Rachel buscará atender aos mandamentos do Senhor, foi assim que nós a criamos.

No sacrifício, homem e Deus se beijam.

Senhor Deus, o pescoço dela já sangra...

Não há arbusto, nem cordeiro? Nenhum anjo para afastar a faca?

Uma mosca zumbiu sobre sua cabeça e Josef virou-se para a direita e para a esquerda; podia ouvir a mosca, mas não podia vê-la. Fechou os olhos, voltou a abri-los. Respirou suavemente, inspirou, expirou... e mal podia ver a mesa à sua frente.

Senhor Deus eu O ouvi. Falarei com Rachel, sim. Começarei: Você está tendo uma gravidez tranquila? E as crianças, como vão as crianças? Eu lhe direi... antes de ela se afastar de nós, eu lhe direi que notei que ela começou a usar o perfume da mãe... lhe contarei sobre as anêmonas, em Maramureş... fragrâncias suaves agradam ao Senhor, o incenso era queimado continuamente no Altar Dourado.

Sim, Senhor, falarei com Rachel.

Josef fechou os olhos e viu Rachel pegando os netos, seus corpinhos pequenos e suas risadas, viu Rachel levando as crianças pela porta da frente. "Rachel! Rachel!", ele chamou, mas ela não olhou para trás ao virar a esquina e desaparecer, para sempre, virada e desaparecida. "Rachel, você precisa cuidar da minha Mila!", a voz de Josef saiu rouca.

Mila entrou correndo.

"O que é, Josef? Do que é que eu devo cuidar?"

"Milenka? Ah, é você. Devemos chamar Rachel de volta do campo? Eu não estou bem, preciso vê-la." Josef apontou para as lombadas dos tomos do Talmude. "Por favor, me traga aquele... e aquele..." A cada batida de um volume sobre a mesa, sua face encavada estremecia.

Josef virou as páginas do Talmude que seus olhos não podiam mais ler, e ficou a virá-las.

Quando Mila voltou a entrar na saleta, ela o viu curvado sobre um volume de cabeça para baixo. "Você não pode ver? Não pode ver nada?"

Ele pediu o jogo de blocos de letras com os quais ensinara Rachel e seus filhos o *alef-beit*. Tocou as superfícies em relevo. Foi separando blocos até que seus dedos encontraram o que buscava. Ao erguer as mãos, as letras diziam:

הנני

Hineni, Eis-me aqui, pronto — a réplica de Abraão a Deus: *Pega teu filho... que você ama... e sacrifica-o como oferenda em fogo.*
"*Hineni?*", Mila leu em voz alta. E embaralhou as letras, febrilmente.

O pescoço frágil de Josef esticou-se de lado a lado enquanto os blocos batiam uns contra os outros.

Depois que Mila deixou a sala, Josef tateou a mesa e voltou a arranjar os blocos:

הנני

*

Mila olhou os azulejos preto e brancos da cozinha. Venezianas fechadas, a casa estava escura e quieta, tão despida de brincadeiras de crianças quanto estivera durante os anos estéreis. O calor opressivo permitira a ela insistir que Rachel, grávida, e as crianças ficassem no campo. Só Judith — que precisava estar na cidade para uma última prova de seu vestido de casamento — passaria as Grandes Festas com os avós.

Mila resgatou o Livro dos Dias, que mantivera escondido desde que voltara para casa da maternidade com Rachel.

As referências lembravam um antigo livro contábil:

עינים (*Einayim*) → 740 → 11 → 2
אפיזר (*Paris*) → 298 → 19 → 10 → 1
38,5°
Sangue 2, 3, 4, 5. Pura 2, 3... 5, 7
E DAVI ERA AMADO PELO SENHOR.

Mila ergueu a caneta. Escreveu:

E assim é Rachel, amada pelo Senhor por dez gerações,
E assim é sua Judith, pura e branca e amada

    Mila desenhou uma guirlanda em torno de *Davi*. Pegou uma segunda caneta e coloriu de vermelho cada pétala da guirlanda. Da guirlanda saíam ramos que interligavam os nomes *Davi, Rachel, Judith...*
    Quando a campainha tocou e a voz de Judith chamou do alpendre, Mila ficou tão surpresa que agarrou a toalha da mesa ao se levantar. A caixa de leite explodiu nos azulejos, e o pote de aveia não comida se estilhaçou.

LIVRO V

Outubro de 2005
Manhattan

Um mensageiro entregou o caderno que a mão adolescente de Mila rotulara tantos anos atrás: *Livro dos Dias de Mila — Particular*. Preso à capa, um bilhete rabiscado no verso de uma receita de remédio:

Querida Atara,

Eu deveria ter vindo,
mas é tarde demais
para viajar de volta
no tempo do pôr do sol.
Minha neta
Judith leu
meu caderno.
Ela irá até você.
Conte-lhe
tudo.

— Mila

Atara frequentemente imaginara Mila batendo à porta e um grande amor de infância retornando à sua vida; mas agora, *tarde demais para viajar de volta no tempo*, era a batida da neta de Mila que Atara esperava.

As páginas de abertura do caderno inundaram Atara de memórias dos dias em que Mila começou a contagem de sangue e pureza, vagando para longe dela, memórias da aurora em Paris na qual Atara ficara diante da dupla porta lateral, uma sacola de corda na mão — uma escova de dentes, um jogo de roupa de baixo —, e virara a esquina para a avenida, Paris, o grande mundo...

Atara estendeu o braço para acender o abajur junto ao sofá, e um cartão-postal caiu do caderno. Do lado esquerdo: *Mila Lichtenstein* e um endereço em Williamsburg. Do lado direito, *Atara Stern*, mas nenhum endereço. O cartão era datado de 1958, o ano em que Atara fora embora.

Foram necessários dez anos para que, na euforia da primavera de 1968, Atara enviasse a Mila seu endereço e número de telefone. Dali em diante, a cada mudança subsequente, Atara mandava um cartão-postal: Nova York, Cambridge, Los Angeles, Nova York, San Francisco, Nova York... A cada cartão-postal não respondido, Atara lembrava a si mesma que sabia, antes de ir embora, que perderia sua família, sabia que Mila não podia abrir a porta para uma irmã renegada sem pôr em risco as perspectivas de casamento dos filhos. Mila entraria em contato quando seus filhos estivessem criados e casados.

O tempo de casar os filhos passou.

Atara pôs o cartão-postal não enviado de Mila na parte posterior do caderno e descobriu um envelope, de Paris. Um parágrafo datilografado informava monsieur Lichtenstein que ele não podia conceber.

A noite caiu no loft enquanto Atara lia e relia o caderno de

Mila, tentando dar sentido à numerologia, aos fragmentos bíblicos, à carta do laboratório. Quando a história se encaixou, seus olhos estavam turvos de lágrimas.

 Ela se levantou e espiou pela janela.
 Por que a moça, Judith, haveria de vir a ela? Pareceu a Atara que muito tempo atrás um acordo fora feito: Ela ganhou sua liberdade mas perdeu a existência em sua família. Estaria o acordo sendo renegociado depois de quarenta e sete anos? Seu coração começou a bater forte.

Williamsburg, Brooklyn

No balcão das mulheres, com vista para o salão de orações, Judith pressionou a testa contra a treliça. *Eu sou — eu e meus filhos somos...* e não conseguia terminar o pensamento.

No salão abaixo, seus irmãos dançavam com o Noivo da Lei, dançavam sem consciência de que eram ilegítimos. No compasso dos irmãos, ombros já curvados de tanto estudo, seu Yoel. Os convites haviam sido enviados, *Judith e Yoel, cerimônia às seis e meia...*

Antes que as mulheres pudessem ver suas lágrimas, Judith abriu caminho de volta para o fundo do balcão, desceu as escadas apinhadas, atravessou o labirinto de carrinhos de bebê que enchiam a rua e as calçadas.

Apenas duas semanas atrás, no dia de shabat, ela caminhara por estes mesmos quarteirões quase cantando em voz alta: *Quão belas são tuas tendas, ó Jacó!* Quão belo é o brilho suave de uma sala de orações iluminada, quão bela a silenciosa terra de Williamsburg quando o trânsito cessa para celebrar o Dia Santo. Duas semanas atrás, no dia de shabat, Judith sabia que ela, também, usaria um lenço branco e se reclinaria enquanto seu marido dançaria as sete voltas; também ela traria para este mundo almas esperando por nascer, e quando todas as almas tivessem descido e o Messias chegado...

Mas almas como a dela haveriam de acelerar a vinda do Messias, ou retardá-la? Toda noite, desde que lera o caderno da sua avó, ela pesquisara a emissão de semente como os livros ímpios diziam que seria, e os livros de seu pai diziam que não devia ser.

Dirigiu-se para o norte, rumo à ponte de Williamsburg. Cumpriria a promessa que fizera à avó: Antes de levar o segredo aos rabinos, ela iria procurar aquela que foi embora, Que Seu Nome Seja Apagado.

Subiu pela rampa de pedestres. Já atravessara a ponte antes, mas nunca no escuro, sozinha. Quatro rapazes debruçados sobre a grade cor de laranja observavam-na aproximar-se — deveria ter escondido o colar de pérolas sob a gola, não devia correr, eles correriam mais depressa. *HaShem, não me abandone.*

Tendo passado pelos rapazes, seus dedos se engancharam no colar. Será que lhe pediriam para devolver as pérolas, seu presente de noivado de Yoel, quando o segredo viesse à luz? A vergonha queimava as maçãs de seu rosto e se espalhava pelo pescoço.

Um ronco vindo de trás; um lampejo de luz retangular; o trem passou chacoalhando e se afastou, puxando sua sombra atrás de si.

Uma passarela cercada cruzava os trilhos. Ela apertou o rosto contra a grade. Em meio ao rugido de um caminhão buzinando, de outro trem passando, seus lábios anunciaram o veredito dos livros de seu pai: *"Eu sou proibida"*. Sua garganta se fechou. Ela oscilou atrás da cerca como se a passarela fosse a galeria das mulheres e os trilhos embaixo, o trono do Rebbe; no seu conjunto cerimonioso, sapatos de salto, ela oscilava como se o mundo inteiro fosse um salão de orações e a noite acima, o olho velado do Senhor; e seu corpo se curvou temendo que o Senhor não a olhasse mais com compaixão, que o Senhor a tivesse abandonado mesmo antes de nascer.

O chacoalhar de um trem interrompeu seu balanço. Um *J* luminoso dentro de um círculo tremulou na traseira do último vagão e se encolheu. Um poste alto iluminou os trilhos. Ela queria se enrolar no poste e descansar. Retomou a caminhada.

Nos limites de Manhattan havia uma quadra fortemente iluminada onde jovens da sua idade arremessavam bolas em arcos. Alguns enfiavam a bola no aro mesmo correndo, mesmo com outros saltando à sua frente. Ela observou as pessoas que corriam e jogavam na noite, depois seguiu adiante.

As torres de escritórios estavam iluminadas, mas nada se mexia no interior. Um brilho estranho pairava sobre a cidade. Ali vivia Atara Stern.

Manhattan

Atara preparou-se para a chegada de Judith. Cobriu as representações de figuras humanas, as pinturas a óleo nas quais Judith veria apenas transgressão: um avô observando inquisitivamente de sua poltrona esculpida, achada num mercado de rua em Praga; uma avó romana em luxuriante rosa, lavanda e violeta; uma irmã inacabada com uma faixa de tule no cabelo, de um colecionador que ela conhecia em Estrasburgo. Deixou descobertos os mapas medievais e jardins murados.

Parou diante de impressões a jato de tinta presas a um painel branco de isopor. Alguns anos antes, quando fumaça e cinzas haviam coberto a baixa Manhattan, seu produtor lhe mandara por e-mail um link para o vídeo de um apedrejamento. Ela imprimira algumas imagens: uma esfera azul alongada grudada no chão; uma forma velada azul debatendo-se para sair do chão — humana, mãos atadas, mulher; uma roda de homens barbados em volta da massa vermelha se contorcendo. O que ela podia *fazer*?

Na luz que ia recuando, o sangue parecia espalhar-se dos instantâneos para a moldura, para os livros de filosofia, os romances, os poemas, para as latas metálicas de seus filmes... Virou o painel para que as impressões ficassem voltadas para a parede.

    Pôs um vestido de mangas compridas, colocou dois copos de papel sobre um guardanapo de papel — mas não havia como ocultar que ela era Atara Stern, aquela que se foi, a filha que Zalman pranteava. As histórias a seu respeito deviam ter assustado a moça. Quem foi Atara Stern nessas histórias? Traidora? Morta? Pior: uma Espinosa questionadora? Ah, é claro, não há história nenhuma: *Que Seu Nome Seja Apagado.*

    Ela ajudaria a moça mesmo que esta não quisesse ser ajudada; Mila sabia a quem estava enviando sua neta e não podia esperar outra coisa. Ajudaria mesmo se os velhos Zalman e Hannah tivessem de ouvir que sua filha perdida estava aliciando uma jovem para sair. As antigas leis já tinham causado danos demais.

    Atara espiou a calçada. Ninguém.

    O telefone tocou. Um número do Brooklyn. Silêncio na linha, então uma respiração forte que Atara ainda reconhecia. "Mila?"

    Não houve resposta, mas era ela — Mila sem dizer nada, não querendo concretizar o pecado de telefonar num Dia Santo.

    "Ela ainda não chegou", disse Atara.

    Outra respiração forte. Atara ouviu Mila orando para que Judith, filha de Rachel, cruzasse a ponte em segurança, então a respiração se transformou num sussurro: "Ela não vai tocar a campainha em *Simchat Torá*".

    "Estou sentada onde posso ouvir cada passo na escada."

    "Ela jurou que iria até você."

    "Jurou? Então não foi *dela* a decisão?"

    "Não."

    "O que você quer que eu faça?"

    "É claro que a quero aqui, conosco, em Williamsburg."

    Lembrando-se de como Mila costumava ligar suas mais intensas esperanças aos desfechos menos prováveis, Atara disse:

"Mas e se ela não mantiver o segredo? Se ela acreditar que seu destino, e o destino de sua mãe, de seus irmãos, é viver em desgraça à margem da comunidade?".

"Eu... não posso deixá-la destruir a família."

"Então, neste caso, você quer que eu a ajude, a ajude a ir embora?"

"Ela é uma boa moça. Talvez você possa ajudá-la a entender que eu fui fiel... sempre fui fiel."

Atara percebeu que Mila não estava buscando oferecer a Judith uma saída, e sim uma cilada para mantê-la dentro.

"Quanto tempo eu tenho com ela? Quando é o casamen..."

Os degraus estalaram.

"Ela chegou", Atara sussurrou e correu para abrir a porta.

Atara esperava uma moça chassídica de Williamsburg parada timidamente na entrada. Mas Judith passou correndo por ela e entrou na sala, braços cruzados, face ruborizada.

"O que a minha avó quer que a senhora me diga?"

Ela parecia jovem demais para estar noiva. Tão tarde da noite, devia estar metida na cama ouvindo um conto de fadas.

Judith caminhou pelo apartamento e parou diante da janela. Tinha as costas rijas. Sentia medo de que as paredes de Atara, as cadeiras, os livros empilhados sobre cada superfície plana, as latas de filmes, pudessem contaminá-la.

"Você deve ser Judith", Atara disse. "Estou feliz que tenha vindo. Fez todo caminho a pé, é claro. Deixe-me pegar seu casaco."

Judith rodopiou. Punhos cerrados sobre o peito, agarrou as lapelas do casaco escuro que vestia sobre uma saia reta que terminava, conforme o prescrito, dez centímetros abaixo dos joelhos. Era mais alta que Mila, mas tinha os olhos azulados e o cabelo escuro dela. Era tão linda quanto Mila naquela época.

"O que a senhora fez para a minha avó?"

A mão de Atara pousou sobre o caderno de Mila. "Ah, eu gostaria de *ter feito* alguma coisa."

Judith desviou os olhos. "Não preciso que a senhora me diga que aqui fora tudo é permitido."

"Não sou eu quem vai falar sobre o que é proibido ou permitido. Acho que a sua avó gostaria que você... entendesse o que aconteceu."

"Eu sei o que sou. O que meus filhos serão. E os filhos deles."

O tom da moça era de desafio, mas Atara pôde detectar lágrimas recentes. Apontou para uma cadeira do outro lado da mesa, verteu água nos copos de papel. "Sente-se, Judith, sente-se."

Quando Judith enfim se sentou, Atara viu que não tinha desligado o telefone. Disse, percebendo que podia ter naquele momento duas ouvintes: "Se, quando esta história terminar... se você voltar para a sua avó, Mila... por favor, diga a ela que eu... diga-lhe — ah, vamos começar por Zalman Stern quando ele tinha a sua idade, dezessete anos...".

Atara contou a história de Zalman na Transilvânia, de Josef e sua irmã Pérele, de Florina e seu filho Anghel; contou sobre a devota Mila no seminário, e o casamento de Josef e Mila; contou o que pôde sobre os dez anos de casamento estéril.

*

A cabeça de Judith estava inclinada, sua nuca exposta. Durante quatro horas ela escutou sem interromper. Atara a incentivara a falar, reagir, a partilhar o que sabia, mas a moça permanecera calada. Atara puxou a cortina que separava o quarto.

"Já é quase manhã. Você precisa de um descanso. Recomeçaremos quando você acordar."

A garota se encolheu em cima da colcha e adormeceu em questão de segundos. Seus cílios estremeceram, a respiração se aquietou, a boca ficou entreaberta.

Atara sentiu um laivo da vontade que tomara conta de Mila todos aqueles anos, a vontade de um filho que ela própria não tinha realizado.

Um caminhão roncou pela Canal Street.

Judith gemeu. Seu braço se ergueu e descansou sobre a cabeça, e ela sossegou outra vez.

Atara deitou-se no sofá.

Ainda que nenhum dos filmes dela tivesse tratado do mundo chassídico, frequentemente ela imaginava que na primeira fila da plateia estaria sentada uma adolescente no limiar, escolhendo entre permanecer dentro e sair...

Estava claro que Judith jamais se imaginara fora, morta para seus pais como Atara estava morta para Zalman e Hannah.

Já tinha sido difícil o bastante para Atara, que *quis* sair, que tinha sentido prazer em arriscar tudo.

Quando ficou sabendo que Zalman contratara um detetive para trazê-la de volta para casa, Atara gastou o dinheiro que tinha economizado numa passagem para os Estados Unidos, onde seria considerada adulta aos dezoito anos. Ela pensou nas noites nas estações de trem em Manhattan. O cassetete batendo contra a palma da mão do policial enquanto ele ordenava aos vagabundos "Vamos andando! Andando!".

Uma mulher resmungona surgindo no meio de um mar de sacolas de compras. Atara, com dezoito anos, pegou sua mochila; ela, também, vivia ao redor da estação.

Atara podia poupar Judith da luta por comida e abrigo, podia até fazê-la entrar na faculdade, mas não podia poupá-la de suas perdas, não podia poupá-la da angústia de moldar uma nova identidade.

Ela precisaria de tempo com a moça, muito mais tempo do que apenas esta noite, e a moça precisaria de tempo para ficar só. Ela levaria Judith para o campo, Mila daria um jeito de arranjar isso, de explicar a ausência da garota. Talvez mostrasse a Judith seu primeiro filme, sobre uma menina parada na escada rolante, diante de bilheterias... Ligaria no dia seguinte a um psiquiatra, se aconselharia, solicitaria uma consulta para Judith, tentaria estar à disposição da garota de todas as formas, de um jeito que ninguém estivera até esse momento... e se um dia Judith quisesse ser uma presença na vida de Atara... como poderia ser gostoso, para cada uma delas, ter mais alguém que entendesse de onde vieram e aonde chegaram. Puxando a borda da gola para o queixo, Atara permitiu-se imaginar um final em que embalava a moça nos braços e cochichava em seu ouvido: "Acabou, você está aqui, em Manhattan, o sol está nascendo, vamos botar água na chaleira...".

Quando Atara abriu os olhos, Judith estava rezando, virada para o sol nascente.

Atara se levantou em silêncio.

Quando Judith terminou de rezar, Atara lavou algumas uvas e as colocou num prato de papel.

"Obrigada, mas não estou com fome", disse Judith.

"Olhe, o prato de *papel* e as uvas não entraram em contato com nenhum dos meus utensílios. Pode comer. Você precisa comer."

Judith arrancou uma uva, segurou-a entre o dedo indicador e o polegar, hesitou como se estivesse se perguntando se agora teria de dizer uma bênção diferente. Por fim, seus lábios se mexeram e ela pôs a uva na boca, engoliu, e mandou que Atara continuasse com a história.

"Mas foi *você* que esteve lá, Judith. Você me conte o que aconteceu. Vai lhe fazer bem falar."

"Nada proibido vai me fazer bem."

"Você voltou do campo, chegou na casa dos seus avós. O que aconteceu?"

Judith ficou em silêncio.

"É terrível sentir que não se tem ninguém com quem conversar", disse Atara.

Judith imaginara a casa de Atara como algo escandaloso e decadente, mas o loft de teto alto era tranquilo, contemplativo e lembrava a sala de estudos de seu pai, exceto que ali a luz era mais suave, havia ilhas de luz, não as lâmpadas de teto nuas da casa de seus pais. Imaginara uma Atara Stern decaída, com maquiagem indecorosa, roupas espalhafatosas... O vestido de Atara seria considerado de pouco recato em Williamsburg, mas não era indecente, e o cabelo branco prateado que ela deveria ter vergonha em expor emoldurava uma face correta que sorria... sorria para Judith mesmo sabendo como a mãe dela fora concebida, sorria como se não tivesse a menor importância... e Judith queria se aninhar nos braços de Atara, aninhar-se e chorar, não era nada do que ela imaginava de alguém que fora embora, Que Seu Nome...

"Eu tentei ser boa, eu mereceria me casar com Yoel Stern", Judith sussurrou.

Atara assentiu.

Judith continuou: "É verdade que eu não tenho ninguém com quem conversar... e quem sou eu, se vovô Josef não é meu avô? Não há nada para descobrir porque nada pode mudar o que está escrito na Torá... nada... eu me sinto perdida, perdida... Quando eu era pequena, nossa professora do jardim de infância perguntou o que cada uma queria ser quando crescesse. Uma menina gritou: 'Bombeiro! Com caminhão vermelho!'. A professora fechou a cara, a resposta certa *não era*, decididamente *não era* 'bombeiro'. Ela virou para mim. 'Judith, o que *você* quer ser?' Eu não sabia a resposta certa... 'Mãe?', eu perguntei. A professora me deu um beijo, ela sorriu, outras meninas gritaram: 'Mãe, eu quero ser mãe!'. Assim eu soube naquela época... então... mas agora..."

A garganta branca e macia de Judith pulsava quando ela engolia.

"O que aconteceu quando você chegou do campo?", Atara perguntou.

Judith pôs a mão sobre a boca como que se impedindo de falar.

Atara esperou.

Judith começou hesitante. "Topei com o meu Yoel na frente da Heimishe Beckerei (padaria caseira), na Lee. Não paramos para falar — *es past nicht* (não é apropriado) — mas ele... eu... nós sorrimos, não pudemos evitar, nossos caminhos se cruzaram, apertei a minha sacola de compras como se Yoel pudesse ver a tiara e o véu do casamento lá dentro. Esperei na esquina até não estar mais ruborizada, e peguei a rua Clymer, mas vovó Mila não estava acenando na janela arqueada, apesar de a mame ter combinado tudo, a linha de ônibus, o ponto, às quinze para as cinco — eu toquei a campainha. Ninguém respondeu. Na sala de estudos do vovô Josef, a cortina estava puxada — a *meheireh refiheh sheleimeh far mein Zeide Josef, Amen* (uma recuperação rápida e completa para o meu avô Josef, Amém) —, a cortina estava puxada, mas o vovô gosta de sentir a luz mesmo que não enxergue mais. 'Baabe? Zeide?' Tudo estava tão quieto. Dei a volta na esquina, pela viela, até os fundos da casa. 'Baabe? Zeide?' Ali, também, tudo estava quieto. *Será que, Deus me livre, o zeide morreu?* Voltei correndo até a porta da frente, subi o alpendre, girei a maçaneta. A porta se abriu. O livro de orações da vovó Mila estava aberto sobre a escrivaninha — havia alguma coisa errada. Beijei a página, fechei o livro, beijei a capa. A sala de jantar estava arrumada e vazia. Segui o cheiro dos remédios até a porta do quarto de leitura — alguma coisa se mexeu na cozinha, *Gottenyu* (querido Deus), a vovó Mila estava agachada nos azulejos no meio de pratos quebrados e um litro de leite derramado. Me abaixei para ajudá-la a se levantar, mas a baabe encolheu os joelhos para junto do peito, a peruca dela estava torta, foi como se eu precisasse lembrá-la: 'Sou *eu*, Judith!'. A saia dela, *HaShem yerachem* (o Senhor tenha piedade), não estava nada recatada na altura das coxas. 'Baabe, está me ouvindo?' Ela agarrou meu braço, com a outra mão pressionou contra o chão e se levantou. Um caderno caiu do colo dela em cima do leite derramado. Eu me curvei para pegá-lo, mas a baabe sacudiu meu braço até eu soltá-lo. O caderno caiu de volta no leite. 'É Rachel?', a voz do vovô Josef tão fraquinha atrás da porta fechada da sala de estudos. O dedo da vovó Mila tocou seus lábios. 'Shh, não vamos dizer que você está aqui, ele precisa descansar', e saiu correndo pelo corredor. Uma gota de leite se espalhou pela página, borrando uma palavra, a palavra embaixo — não pude evitar, peguei o caderno, coloquei no balcão, enxuguei as páginas molhadas com uma toalha de papel, pus o saleiro e a pimenteira em cima dos cantos do caderno para ele ficar aberto e secar mais depressa. Botei no chão minha sacola com a tiara e o véu, peguei a louça quebrada, sequei o leite. A casa estava tão quieta... Era a primeira vez que eu estava na casa de zeide e baabe sem uma irmã ou irmão mais novo. Uma folha do caderno escapou, e eu a arrumei de novo. A caligrafia da vovó: *No mês que vem, Senhor querido, que seja eu. Dá-me um filho ou morrerei...*

"Vovó fechou o caderno com força. Fiquei com vergonha, corri para cima. Vovó Mila logo veio atrás de mim, disse que uma *kaleh meidel* não deve ficar triste, não faz bem para a beleza, eu não tinha feito nada de errado, como pode ser errado pegar um caderno e secar as páginas? Ela me balançou, eu ri, perguntei se ela e o zeide queriam ver como ficavam a tiara e o véu.

'Já é tarde, querida', ela disse. 'O zeide está descansando. Amanhã você mostra para ele, quando fizer a prova do vestido, a costureira vem às nove.' Nós descemos para a cozinha para preparar o jantar. O caderno não estava mais no balcão. Eu perguntei: 'Esse é o caderno em que você conta como o zeide Josef e você sobreviveram?'. Às vezes as pessoas daquela época não querem falar no assunto, mas a vovó disse: 'Sim, como sobrevivemos e decidimos viver'. Eu sabia a história da vovó Mila e dos pais dela levantando no meio da noite na sinagoga onde estavam trancados, como os que ficaram recitaram orações para os que iam embora, sabia que vovó Mila, quando pequena, tinha cruzado o rio Nadăş nos ombros do pai dela...

"'Estão ensinando isso para vocês na escola?', vovó perguntou, 'estão ensinando a vocês sobre a fuga do Rebbe?'

"'É claro, no jardim de infância. Como Deus mandou um sonho para um homem que podia salvar judeus: *Você deve salvar o rabi de Szatmár ou a sua empreitada fracassará.*'

"Vovó Mila olhou para cima, para o teto. 'Ah, o sonho...' Aí a cabeça dela veio para a frente e ela disse: 'Você entende que o próprio Rebbe, que seu mérito nos proteja, quis subir naquele trem. Você entende que ele abandonou sua comunidade e seus chassidim', e ela disse *apikorses* sobre como o Rebbe escapou da Transilvânia com a ajuda de um sionista — Deus nos livre, ninguém a não ser *HaShem* salvou o nosso Rebbe!

"Vovó Mila explicou que às vezes a única maneira de trazer mais santidade ao mundo é envolver um ato em pecado, de modo que Satã não note seu caráter bom e interfira; eu sabia disso da escola, mas nunca é uma coisa que nós decidimos fazer, só Deus e seus anjos."

Houve um silêncio. Judith recomeçou.

"Aí vovó disse: 'Meu Josef está se preparando para o mundo vindouro, ele teme pela sua alma'. Nós duas começamos a chorar porque vovô Josef — se o Messias não vier antes de o Senhor chamar sua alma de volta —, vovô Josef não tem nada a temer, ele irá direto para o Jardim do Éden e eu disse que a mame gostaria de estar aqui, que queria voltar imediatamente se a saúde do vovô Josef, Deus nos livre...

"'No estado dela? A sua mãe não deve voltar, não deve. Ela se ocuparia com os preparativos do casamento, e no oitavo mês não é seguro. Sua mãe voltará do campo para o seu casamento, depois de *Simchat Torá*. Não se preocupe, *mein kint*, o seu zeide viverá até os cento e vinte anos. Você não vai comer? A minha própria neta vai passar fome na minha casa? Coma, criança, coma. Já acabou? Diga suas bênçãos e vá dormir, um corpo jovem precisa de muito sono.'

"Eu acordei no meio da noite. Vi um raio de luz debaixo da porta. Levantei. A lâmpada do criado-mudo da vovó estava acesa, mas a cama dela estava vazia. A casa estava tão quieta! Desci a escada na ponta dos pés. Vovó Mila estava sentada na mesa da cozinha na frente do caderno. Estava chorando. 'Zeide Josef está muito doente?', eu perguntei. Ela olhou para cima, fechou o caderno, olhou para a flor seca debaixo da capa de celofane. '*Anémone des bois*', ela disse, e falou que vovô Josef adorava o perfume daquela flor, lembrava-lhe a primavera em outros tempos, lembrava-lhe Maramureş e será que eu sabia que em Maramureş, onde vovô Josef nasceu, onde Florina costumava ficar de olho no pequeno Josef, no pomar da sua primeira mãe... será que eu sabia que na primavera, em Maramureş, os prados ficavam amarelos e brancos de tantas margaridas... então, como se tivesse acabado de notar que eu estava parada na porta: 'Você está acordada? Quer ficar com olheiras no dia do seu casamento? Vá para a cama'.

"Eu voltei para cima. Ouvi a porta da sala de leitura se abrir e fechar e pensei no amor entre vovô Josef e vovó Mila, e rezei para que um amor desses ligasse meu Yoel a mim — mas com muito mais filhos, se Deus quiser.

"A costureira chegou às nove para a última prova do meu vestido de casamento. Ela ajustou os pequenos botões de seda do corpete e vovó Mila disse: 'Dezessete, uma para cada um dos seus dezessete anos'. Quando eu me virei, a costureira pôs a mão sobre o meu coração e disse que eu era igualzinha à vovó Mila quando era jovem — eu não sabia muito bem como me sentir porque todo mundo sempre dizia que ela tinha sido a mulher mais bonita de Williamsburg.

"Perguntei se eu podia mostrar o vestido de casamento para o vovô Josef.

"Vovó disse que não.

"Depois que a costureira saiu, vovó entrou na sala de estudos e eu ouvi o vovô perguntar, numa voz bem fraca, se Rachel tinha chegado. Ela respondeu que não. Aí o vovô Josef perguntou se Zalman Stern tinha chegado para o casamento, e vovó disse que não, mas não era verdade porque Zalman Stern *tinha* chegado de Paris e todo mundo *sabia* que ele estava na casa do seu filho Schlomo, todo mundo sabia que Zalman Stern tinha vindo de Paris para celebrar o matrimônio de seu neto Yoel com Judith Halberstamm, a neta dos dois órfãos que ele salvara.

"'Zalman Stern ainda não está aqui', vovó Mila repetiu.

"A colher tilintou no frasco de remédio, os travesseiros foram afofados... eu tive medo ali sozinha com o vovô tão doente e a vovó Mila sem contar a verdade.

"Quando ela enfim saiu, eu disse que se o zeide, Deus nos livre, estava tão doente, eu *devia* chamar minha mãe imediatamente.

"'Eu lhe disse, coração, a sua mãe não deve vir. O choque... poderia...'

"'Há alguma coisa de errado com a mame?'

"'É a Rachel que eu estou ouvindo?', o vovô gritou.

"Vovó correu para a sala de estudos.

"Eu não entendia por que vovó Mila estava me tratando como criança, eu ia me casar em três semanas, e a minha professora do curso de noivas tinha acabado de me ensinar como mesmo nós, os crentes, somos concebidos de maneira baixa, como um homem e uma mulher... os caminhos de Deus são inescrutáveis — se havia algo de errado com mame, com a saúde dela, Deus nos livre, eu, a filha mais velha, deveria saber, e se mame estivesse com a doença do vovô Josef — como poderia ajudar se não soubesse? O caderno? Será que o caderno explicava a doença do vovô, e por que vovó Mila estava agindo de maneira tão estranha?"

Judith começou a andar dentro do apartamento, andava de um lado a outro como que tentando fugir de quem havia se tornado desde que lera o caderno, como que tentando reter um eu anterior. Quando voltou a falar, sua voz estava rouca. Parou, espantada com o tom grave e profundo que não podia ser dela; recomeçou.

"Fui até o armário da cozinha, me estiquei até a prateleira mais alta. O caderno se abriu na última página escrita. Fitei a guirlanda vermelha; as palavras me fitaram de volta, com mais força. As pétalas vermelhas se reviravam *rei Davi... Rachel... Judith...*

"Eu sabia quais eram as páginas importantes, eram aquelas borradas de lágrimas.

"Havia palavras em francês, húngaro, romeno...

"Havia um envelope endereçado a *monsieur Lichtenstein*, de Paris.

"Um parágrafo e números: *Nous regrettons de vous informer...*

"No caderno, o mesmo trecho, vezes e vezes repetidas. Vezes e mais vezes." As palavras saíam aos tropeções como pedras da garganta da jovem: "*Tamar sentou-se perto da entrada de Einayim e Judá julgou ser uma meretriz e a possuiu e ela concebeu.*

"Eu sabia que era terrível, mas não sabia o que significava. Saí da casa correndo — debaixo do elevado da ferrovia, na Broadway com a Marcy. O rugido do trem para Manhattan — a quem eu podia perguntar? Não ao meu tate, não às minhas professoras — em que livros eu podia olhar, meninas não estudam a Mishná nem a Guemará, e nem o Shulchan Aruch, entrei no norte de Williamsburg, com os artistas, fui para a biblioteca na Division. A mulher me disse que eu precisaria da *Encyclopaedia Judaica* e que devia ir até a sede na Grand Army Plaza ou do Borough Park..."

Judith balançava para a frente e para trás.

"*O casamento entre pessoas proibidas é vazio, não é válido.* Que venha o Messias, que seja reconstruído o Templo, eu voltei a pé para a nossa Williamsburg. O casamento da mame não foi válido? Dei a volta no quarteirão, uma vez, duas vezes, não se foge do julgamento de Deus, diria mame, mame iria ao Rebbe — será que tate vai ser incentivado a recasar e ter novos filhos, *judeus legítimos*, enquanto eu, meus irmãos, irmãs... os dez *mamzerim* de Williamsburg... 'Judith!' Correndo na minha direção, vovó Mila nas suas roupas domésticas e de chinelos. Ela me puxou pelo alpendre, para dentro da casa, da cozinha, fechou a porta, correu para o seu Tanach, o Tanach tremia na mão dela, abriu na história de Tamar e Judá. Apontou um versículo. '*Tsodkeha mimeni.* Está vendo? *Mais justa que eu*, foi isso que Judá disse sobre Tamar — você *será* feliz, você *precisa* ser feliz, é por isso que Josef sacrificou toda a felicidade da vida dele — pense, pense com cuidado antes de decidir ir ao rabino, pense se você quer desfazer o silêncio pelo qual meu Josef sacrificou a felicidade no nosso casamento, o que parece certo para você agora pode começar a assombrá-la, se você não quer poupar a si mesma, poupe o meu Josef', e me perguntou se eu sabia sobre Florina — é claro que sabia. Ela disse que ouviu Florina chamar do outro lado da ribanceira: 'Anghel! Anghel!'. Disse que a voz de Florina era a voz de uma mãe chamando o filho, disse que Josef tinha saudade da sua segunda mãe perdida, separada dele não pela guerra nem pela morte, mas por *nós, nós*. Ela disse: 'Eu não entendi que o silêncio que salvou minha filha continuaria a atormentá-lo', e aí me fez jurar que eu iria ver Atara Stern para saber — saber o quê?"

Judith olhou ferozmente nos olhos de Atara. "Atara Stern vai me salvar quando Deus não pode?"

"Você precisa de tempo, e de um espaço tranquilo, dentro de você. Fique comigo, Judith, mesmo que seja por poucos dias. Podemos ir para o campo, esta noite, depois do pôr do sol. Vamos levar comida com todos os certificados, tudo kosher pelos *seus* padrões. Você precisa descansar, pensar…"

"Pensar em quê? *HaShem* nos criou para observar seus mandamentos, no que é que eu devo pensar?"

"Você precisa examinar isso melhor…"

"Já examinei. Procurei os livros do meu pai, e vi: *Deus recompensará a adúltera arrependida, e a recompensa será que sua prole morrerá jovem, jovem o bastante para que o pecado não penetre na congregação.*"

"Onde você leu uma coisa dessas?"

"Eu li que um *possek* (jurista) aconselha que a palavra *mamzer* seja tatuada, por um não judeu, na testa do bebê — para assegurar que um *mamzer* não se case dentro da congregação."

Atara pôs o braço em volta do ombro da menina. "Judith, existem outros mundos, onde o casamento não tem a ver tanto com a linhagem, onde os pais podem amar seus filhos incondicionalmente…"

Judith pôs as mãos sobre os ouvidos. "Eu não quero ouvir *apikorses.*"

"Estou pondo uma chave no bolso do seu casaco. Fique comigo, Judith."

"Minha *nisoyon* (provação) é chegar mais perto de *HaShem*, não daqueles que O abandonaram."

"Você precisa de tempo..."

Judith caminhou pelo apartamento. "Eu não preciso de *tempo*, preciso do contrário" — e parou na frente do relógio. "Oito e meia?" Correu para o porta-casacos. "Vovô Josef está esperando."

"Então você viu Josef?"

"Ainda não. Eu disse a vovó Mila que viria ver a senhora em Manhattan se pudesse ver o zeide pela manhã e levá-lo à sinagoga."

"Josef está bem para ir à sinagoga?"

"Ele quer ouvir Zalman Stern oficiar o serviço." Judith enfiou os braços finos nas mangas do casaco e andou até a porta de entrada.

Atara agarrou um lenço e saiu correndo atrás dela.

Judith se dirigiu para o leste, rumo a Williamsburg. Caminhava alheia ao tráfego. Atara segurava o cotovelo dela com uma mão, e com a outra empurrava mechas de cabelo desgarradas sob o lenço.

Começaram a cruzar a ponte. Carros passavam zunindo. Um trem fez um barulho estrondoso ao parar e seguir. Durante uma calmaria nos ruídos, Atara perguntou se Judith pensara no noivo, no que Yoel iria querer que ela fizesse.

"Yoel iria querer o que *HaShem* quer", Judith retrucou.

A sirene de um rebocador soou no rio mais abaixo.

"Mas há indicações de que essa... *posição formal* não se aplica mais, já que seu avô manteve silêncio por tanto tempo", disse Atara.

"O nome da minha mãe deveria ter estado no registro mantido pelos rabinos de pessoas proibidas de casar na nossa comunidade."

"Mas se a Lei diz que agora é tarde demais... Certamente *você* acredita que a Lei deve ser obedecida. Nós vamos verificar a Lei..."

"*Nós* vamos verificar? *Nós* vamos decidir? Um tribunal da Lei deve decidir."

"Há lugares — lugares judaicos — onde você própria poderia estudar a Lei."

"Eu já lhe disse, eu li os livros do meu pai." Judith agarrou a grade alaranjada. Procurou pelo rio, mas pistas de automóveis, ruas, cercas de proteção bloqueavam a visão da água, nada parecia ligar Williamsburg a Manhattan. "Na circuncisão de um *mamzer* devemos pular a oração *Kayem et hayeled hazeh* (Preserva este menino). O Shulchan Aruch diz: *Ein mevakshim alava rachamim* (Não pedimos misericórdia para ele). Não pedimos que este menino viva."

"Judith! Não pode ser este o significado!"

Ela se virou e segurou a mão de Atara. "Eu sei que a senhora quer ajudar, posso ver que a senhora não é uma pessoa ruim, só está enganada." Judith deu fracos tapinhas na mão de Atara, como um pai consolando um filho, depois soltou-se e rumou para Williamsburg.

Atara tentou acompanhar a menina. A cada passo que Judith dava, a proximidade que parecera possível no apartamento, que ainda parecia possível apenas alguns segundos atrás, ia se escoando. Atara corria atrás de Judith ainda na esperança de conseguir proporcionar algum tempo e um lugar onde a menina pudesse sentir o cheiro da terra depois da chuva, e novamente ouvir os pássaros cantando, um lugar onde Judith pudesse observar o mundo se renovar.

Os lábios de Judith se moviam no ritmo de seus passos apressados: "Eu sou proibida, e assim são meus filhos e os filhos de meus filhos, proibidos por dez gerações. Eu sou...".

Os lábios de Judith ainda estavam se movendo quando ela desceu a rampa dos pedestres. Antes de chegar à calçada, parou e puxou as costuras de suas meias grossas, para endireitá-las.

*

Uma sombra se desgrudou da parede. O casaco, pesado demais para a estação, flutuava sobre os ombros. O cabelo grosseiro, artificial, acentuava a palidez da face.

"Mila?", Atara sussurrou.

O olhar de Mila viajou de Atara para Judith, buscando sinais de que uma solução fora encontrada.

Judith subiu o alpendre e entrou na casa.

Mila e Atara se abraçaram. Seus corpos reconheceram que um dia haviam compartilhado a mesma cama, e a criança em cada uma segurou a outra com firmeza.

Aninhando o queixo no ombro de Atara, Mila secou suas lágrimas. "Como ela está? O que resolveu?"

Atara afagou o ombro de Mila e enxugou suas próprias lágrimas. "Ela precisa de tempo."

"O casamento dela é semana que vem." Mila cumprimentava com um meneio os vizinhos a caminho da sinagoga. Sua mão tocou a testa de Atara e escondeu uma faixa de cabelo sob o lenço, depois puxou para cima a gola do vestido dela. Esboçando um sorriso forçado, Mila sussurrou: "Posso pegar um xale para você? Acho que tenho alguma coisa que combine com seu vestido."

Judith apareceu na porta. "O zeide não está no estúdio?"

"Yuditka, o seu zeide Josef está no *shul*. Ele quis ir mais cedo para poder passar com a cadeira de rodas até a frente, antes de todo mundo chegar. Eu o levei e voltei correndo, para estar aqui se... quando você voltasse. Vamos entrar, vamos tomar café da manhã."

O lábio inferior de Judith tremia. Ela hesitou e começou a descer.

Mila estendeu a mão. "Fique conosco, Yuditel, fique aqui conosco um pouquinho. Espere! Espere por nós! Vamos todas juntas para o *shul*."

Judith se afastou da avó, de modo que foi Atara quem deu um braço a Judith, o outro a Mila, e as três caminharam juntas como se fossem da mesma família, da mesma vida, andaram algumas quadras rumo à celebração da Festa da Lei, e Mila permitiu-se a esperança de que as rodas de homens ainda dançassem acompanhando Judith ao dossel matrimonial.

Atara planejava explicar a Mila que o primeiro passo rumo a uma decisão era Judith aprender a pensar por si mesma, que seria bom para Judith afastar-se de Williamsburg, ainda que por poucos dias. Mila daria um jeito para arranjar essa situação. Talvez a moça fosse para o apartamento dela ainda esta noite, e elas partiriam juntas para o seu chalé no campo.

Atara cochichou para a menina que esperaria por ela, e lembrou-a da chave no bolso do casaco.

Mila, Atara e Judith pegaram a rua repleta de transeuntes e grupos de mães. Atara se deu conta de que poderia em breve ver seu pai. Seu coração bateu forte. Após o serviço, ela puxaria de lado um rapazinho e o instruiria a dizer a Zalman que sua filha, Atara, estava no balcão das mulheres querendo desejar-lhe Boa Festa. Talvez Zalman a chamasse, talvez Zalman concordasse em ver a filha que declarara morta, e eles se encontrariam, ela beijaria a mão do pai como após uma longa jornada...

Quando se sentiu segura o bastante em sua nova vida, após seu primeiro filme, Atara mandou seu número para Hannah. No meio da noite, o telefone tocou. Do outro lado, Zalman pedia, mandava que Atara se arrependesse e voltasse para o *nosso lar chassídico*. A palavra *lar* fez Atara soluçar, mas quando ela respondeu que não voltaria Zalman a amaldiçoou, chamando-a de *zoná* — prostituta. Atara pôs o dedo no gancho. Clique. A linha ficou muda por trinta e sete anos.

Houve vezes em que ela considerou aparecer na entrada da casa dos pais, vezes em que precisou acreditar que eles ficariam felizes em vê-la, mesmo desconfiando que ela talvez não guardasse mais o shabat — se perguntassem, ela mentiria, tornaria as coisas mais fáceis para eles —, houve vezes em que Atara precisou acreditar que seus pais ansiavam por ouvir sua voz da mesma forma que ela ansiava por ouvir a deles, mas quando Atara procurou seus irmãos mais novos eles advertiram: O coração de Zalman pode ceder — você já não causou mal suficiente?

Pensar que dentro de minutos ela veria seu pai envolto no xale de orações, pensar na voz dele cantando e alcançando o coração dilacerado de Judith fez com que Atara se agarrasse com força a Judith e Mila à medida que se aproximavam da sinagoga. Estavam prestes a entrar quando uma mulher em gravidez avançada parou na frente delas.

"*Is zie a yid?*", a mulher indagou. (Ela é judia?)

"*Ver?*", replicou Mila (Quem?)

A mulher deu uma olhada para Atara.

"*Avadeh!*", Mila disse. (Claro!)

"*Sie zeht nicht os vie a yid.*" (Ela não parece judia.)

"*Ober avadeh ist zie a yid.*" (Mas é claro que é judia.)

"*Und vus ez mit ihr levish und mit ihr tiechel? Zie is nicht tzniesdik. Zie can nich arein gein.*" (E o vestido e o lenço dela? Ela não está recatada. Ela não pode entrar.)

Atara olhou a barra do vestido. Será que era só imaginação dela que cobria os joelhos?

A mulher grávida olhou a linha do pescoço de Atara. A mão de Atara subiu para o colo — havia pelo menos um centímetro de ombro exposto. Ela deveria ter aceitado a oferta de Mila e pegado um xale.

"Você a conhece?", a mulher perguntou a Mila.

"É claro", Mila retrucou impaciente, "ela é fi... ela era... é... Rebbe Zal... — espere, Judith, espere por mim!"

Atara soltou o braço de Mila. "Vá com ela."

Mila hesitou.

"Vá", Atara insistiu, "não a deixe sozinha. Diga-lhe que vou esperar por ela... vá!"

Mila entrou às pressas na sinagoga.

Diante da mulher zangada ainda observando seu pescoço, Atara hesitou. Talvez não fosse certo pedir para cumprimentar Zalman não estando vestida adequadamente. Ele notaria seu lenço pouco discreto e parte do ombro exposto, e Atara não devia ser vista com Judith porque então sua casa em Manhattan não seria mais um abrigo onde a moça pudesse se esconder. Recuou. Empenhou-se em ouvir a voz de Zalman saindo do interior da sinagoga e afastou-se ziguezagueando no meio dos pedestres — para não chorar, não antes de virar a esquina, para não ser vista soluçando, não nesta rua, não uma mulher de sessenta e quatro anos vestindo um lenço pouco discreto e uma gola um centímetro menor do que o permitido.

*

Judith alcançou a primeira fila do balcão das mulheres. Será que ao ver o seu prometido as coisas ficariam claras? Ela grudou o olho na treliça.

Zalman Stern estava apertando a mão do vovô Josef — Zalman Stern vindo de Paris para oficiar o casamento do neto, ali estavam seus irmãos, ali estava seu Yoel atrás do vovô Josef. *Por favor, Deus, Yoel Stern é o meu* b'shert? HaShem, *guia-me: Podem Yoel Stern e Judith Halberstamm formar um casal correto em Israel?* HaShem, *se permaneceres em silêncio, posso permanecer em silêncio?*

Zalman subiu para o estrado central.

A mão de Josef escorregou para o coração e seu rosto ficou pálido.

Judith agarrou a treliça. Estaria o vovô Josef morrendo?

A voz de Zalman se ergueu: *"Esplêndido em sua Honra..."*.

Josef se recostou e pousou a cabeça nas almofadas que o apoiavam na cadeira de rodas. Seus olhos se fecharam.

As notas de Zalman subindo mais e mais alto, e os peitos dos homens se inflando de anseios. No balcão, as mulheres começaram a soluçar. As notas de Zalman, ainda subindo, alimentaram o desejo de Judith de ser pura e branca e próxima ao Criador, próxima ao calor da dourada presença do Senhor. Suas pálpebras pálidas, azuladas, se fecharam como um livro.

O canto cessou, seus olhos se abriram.

Zalman Stern estava descendo do estrado. Os homens formaram um círculo em torno dele e de Josef, um círculo que cantava e dançava. A mão de Zalman pousou no ombro de Josef; a mão de Josef pousou sobre a de Zalman; Yoel empurrou a cadeira de rodas de Josef — e assim eles completaram a primeira rodada.

Zalman retornou à plataforma elevada e parou diante do Senhor, e a congregação inteira se virou e ficou parada diante do Senhor; os homens embaixo e as mulheres na galeria. A voz de Zalman se ergueu novamente para entoar o trecho lido em toda sinagoga na Festa da Lei, o trecho que conclui o último livro do Pentateuco:

> E Moisés subiu... para o alto de Pisgá, que fica defronte a Jericó, e o Senhor lhe mostrou a terra... e o Senhor disse a ele... tu não irás adiante... na Terra Prometida tu não entrarás.

Judith ouviu o veredito do Senhor.
"Yoel e Judith, *vós não entrareis*", ela sussurrou, e a junção dos dois nomes também soou proibida.
Os homens completaram os poucos versículos finais, então ergueram o rolo da Torá para enrolá-lo de volta até *No Começo*.
E dentro desse rolo estava envolto:

לא יבא ממזר בקהל ה׳
Um mamzer *não há de entrar na Congregação do Senhor*

Judith abriu o fecho do seu colar de pérolas, presente de Yoel, que ela já escolhera como sinal para informá-lo quando estivesse permitida. Pôs o colar junto ao livro de orações e afastou-se da treliça. As mulheres que se acotovelavam para ver Zalman Stern a empurraram para o fundo da galeria. Judith abriu caminho para descer e sair à rua, entre transeuntes e mães. Virou a esquina.

*

Mila abriu passagem com os ombros até a primeira fila do balcão das mulheres. Olhou ao redor e não viu Judith. Ficou de pé sobre um dos bancos. Outras mulheres também faziam o mesmo, para captar um relance da dança lá embaixo. Mila varreu com os olhos o mar de lenços brancos, à procura do cabelo escuro de Judith. Segurou-se no encosto do banco e se equilibrou. Esquadrinhou novamente todo o balcão. Desceu, precipitadamente, e foi amparada por duas mulheres. Seus braços se esticaram para empurrar a multidão. Ficou imóvel no alto da escada, mas não conseguiu ver a moça entre os lenços que balançavam. Forçou passagem escada abaixo e saiu para a rua.

A porta lateral da sinagoga se abriu. Uma turba de casacos pretos saiu às carreiras. "Espaço, abram espaço!" A multidão se abriu e ali estava Josef, enterrado na sua cadeira de rodas, que girava. As mãos dele golpeavam o ar como se ele quisesse se situar, a veia azul na sua têmpora latejava, e a pele do seu rosto estava esticada feito pergaminho.

Mila correu para o seu lado. "O que aconteceu?"

Um jovem respondeu: "O calor, não há ar lá dentro".

Mila não escutava. Estava debruçada junto a Josef, cochichando no seu ouvido: "O que aconteceu quando você viu Zalman Stern? Você falou?".

Josef procurou a mão dela. "Milenka, estou feliz que seja você."

"Você falou?"

Josef pôs a mão sobre o peito. A outra mão apalpou a gola do vestido de Mila, para tranquilizá-la.

"Seu coração?", Mila disse.

Josef assentiu, sorriu, assentiu, e suas pálpebras deixaram entrever seus olhos cinza-esverdeados, incapazes de ver, enquanto ele articulava a palavra "lev", coração.

"*Lev?*", sussurrou Mila.

Era uma leitura que Josef ensinara a Rachel à mesa de shabat, uma leitura que mais tarde ensinou a Judith e seus irmãos, como a última letra da Torá, ל (*lamed*), e a primeira letra, ב (*beit*), formam a palavra לב (*lev*), coração. Era uma leitura de que Josef se lembrava de muito tempo atrás: Todo ano לב, *lev*, coração, unia o fim com o começo.

Mila compreendeu que Josef resolvera pôr seu coração, silenciosamente, antes da Lei: Josef não falara com Zalman e não falaria mais no assunto.

Josef — que havia muito abandonara este mundo e se preparava agora para abandonar o próximo — riu, delicadamente, enquanto seus dedos afagavam a gola dela; depois ergueu a mão, a porta se abriu para a sala de oração dos homens e os garotos levaram Josef de volta para a dança.

Mila o observou desaparecer atrás dos sobretudos pretos e chapéus de abas largas. A porta se fechou com uma batida.

Agora Mila estava ainda mais ansiosa para encontrar Judith, dizer-lhe que Josef, a quem ela tanto admirava, decidira nunca mais falar naquilo. Mila ficou na ponta dos pés e buscou Judith entre os transeuntes e as mães. Atravessou a rua, parou na calçada oposta, correu de uma esquina a outra.

As pontas dos lenços brancos das mães esvoaçavam entre os ombros delas na brisa do final de verão. Ela correu, passando pela quitanda Landau, pela estreita loja Judaica. Mais uma vez se pôs na ponta dos pés: "Judith! Judith! Judith!".

*

O primeiro par de sapatos de salto alto de Judith, comprado para seu primeiro encontro com Yoel, batia no asfalto. Clic-clac-clic, a *kaleh meidel* não corre, uma moça em idade de casar presta atenção na sua conduta — na Festa da Lei, quando cada passo dançado é uma prece, podem os passos de um *mamzer*, também, adornar a coroa do Senhor? Clic-clac-clic, Judith corria do seu eu proibido, um eu proibido para sempre a Yoel, um eu permitido apenas aos proibidos — um jornal encharcado lambeu seu tornozelo, ela sacudiu a perna mas o papel molhado grudou na batata da perna, e a passarela suspensa oscilou toda com o trem que se aproximava — trens eram proibidos na Festa da Lei, mas a mão de Judith agarrou as barras de um portão de saída da estação, empurrou, puxou, sacudiu, uma voz gritou da guarita, suas mãos sacudiram as barras com mais força, empurraram, puxaram — o portão zumbiu e abriu. Havia gritos, um trovão acima, mas clic-clac-clic, os sapatos novos batiam nos degraus, e o piso cinzento tremia sob seus saltos — Judith virou-se para o rugido, para os dois chifres de luz,

הנני
Hineni, eis-me aqui

ali, entre a luz e os dormentes, um berço de pó pois tu és pó, e Judith jogou os braços para trás enquanto seu tronco se inclinou para a frente, seus joelhos se flexionaram, seus calcanhares deixaram o chão, depois as pontas de seus pés, e assim Judith dançou para fora da plataforma.

E pousou nas plantas dos pés, no primeiro trilho. Seus braços se ergueram, ela recobrou o equilíbrio e se curvou na direção das duas luzes que brilhavam.

A buzina do trem tocou forte, ela viu a montanha fumegante, viu o som e o raio enquanto o trovão da Lei esmagava...

O trem parou no meio da estação. Dois espectadores avançaram, lentamente, em direção ao lugar onde a moça havia estado, em direção ao sapato preto na beirada da plataforma.

*

Josef soube do fim de Judith antes da sétima rodada de danças.
Seus olhos abertos eram duas nuvens cinza-esverdeadas. Ele pranteou o cordeiro que o Senhor escolhera, a mão sobre o peito, pranteou até a batida do seu coração silenciar.

*

Tão logo se viam três estrelas no céu, as mulheres da Sociedade Funerária lavaram ritualmente o corpo de Judith. Lavaram a poeira e a terra e os fluidos corporais; envolveram-na em tecido de algodão branco.
Homens da Sociedade Funerária lavaram ritualmente o corpo de Josef e o cobriram com um tecido de algodão branco.
As mulheres da Sociedade Funerária vieram rasgar a roupa de Mila, junto ao coração.

Na casa de duplo luto, o ininterrupto fluxo de visitantes conjecturava sobre a inexplicável morte de uma moça de dezessete anos: Gente de fora havia sido vista na vizinhança, uma mulher tentara seguir Mila e Judith para dentro da sinagoga. Teria alguém sequestrado Judith? Estaria ela tentando escapar quando caiu na via férrea? Por que outro motivo uma moça de Williamsburg se encontraria perto de um trem num Dia Santo? *Baruch dayan emet, Bendito seja o Juiz da Verdade.*
E Josef... Josef, que não pôde suportar a notícia da morte de sua neta — *Bendito seja o Juiz da Verdade.*

*

A mãe de Judith, Rachel, entrou em trabalho de parto assim que soube que o Senhor levara sua primogênita e seu pai no mesmo dia.

Rachel deu à luz o décimo primeiro filho, o sexto menino.

Zalman determinou que era permitido desejar *mazel tov* aos enlutados, porque o nascimento de uma criança é uma notícia boa.

Uma menininha achou as pérolas de Judith no balcão das mulheres, junto a um livro de orações.

A mãe de Judith abraçava o recém-nascido e balançava para a frente e para trás no seu banquinho de enlutada. "Como pode o colar ter caído?", murmurava Rachel espantada em meio ao seu luto. "Minha Yuditel gostava tanto dessas pérolas, um presente do seu noivo, minha pobre Judith, que veio a este mundo numa data tão feliz, o dia 21 do mês de kislev…"

No banquinho perto de Rachel estava sentada Mila. As pérolas estalavam em suas mãos trêmulas. "O fecho deve ter cedido", Mila sussurrava ao mesmo tempo que visualizava os dedos de Judith erguendo o colar até os lábios, abrindo o colar, fechando o livro de orações com um último beijo.

A Aliança da Circuncisão foi lavrada na carne do recém-nascido no seu oitavo dia, e Rachel chamou seu sexto filho homem de Josef, em memória de seu pai, Josef Lichtenstein, cujo nome não foi apagado das gerações.

*

O telefone tocou no apartamento de Atara. "Queime-o, queime-o até virar cinzas", Mila disse. "Não, não venha, os filhos de Rachel precisam estar em segurança. Não, você não deve vir... há um boato de que uma mulher sequestrou Judith... Uma mulher, uma estranha, mas se reconhecerem você... Você vai queimar?"

Um dia antes, a moça estivera encolhida sobre a colcha de Atara, suas pálpebras pálidas estremecendo...

Atara queimou o caderno de Mila num grande pote sobre o fogão, queimou até virar cinzas.

*

Um ano depois, Mila ligou para dizer que Hannah não estava bem.

Atara pegou o primeiro voo para Paris, onde não tinha se estabelecido, mesmo depois de mais velha, para poupar os pais da vergonha de ter uma filha apóstata na própria cidade.

Mila implorou a Zalman: Atara deveria ter permissão de entrar na casa para ver sua mãe enferma. Mas ele foi firme: "YE-MACH SHEMEAH!", berrou. *Que seu nome seja apagado* — e mais uma vez obrigou-se a amaldiçoar a filha herética com a não existência.

Seus irmãos fizeram um arranjo para Atara vir quando Zalman estivesse fora de casa.

Sozinha em seu quarto de hotel, esperando o telefone tocar, Atara pensou nos blocos de papel vazios em sua prateleira arrumada, páginas cor de marfim ou brancas; suas cartas jamais escritas para Hannah. Ela chegara até a imaginar que poderia escrever para Zalman, e mais páginas não escritas haviam se juntado à pilha de correspondência não enviada, selos não colados.

Algumas das páginas não estavam totalmente em branco:

Chère Maman

seguido de um acrônimo cursivo para Até Cento e Vinte Anos,

Chère Maman, עמו"ש
Como está você?
Eu estou bem.

Abaixo disso, a página vazia. Se estivesse feliz, como poderia explicar felicidade longe da família? Se estivesse infeliz, eles não a tinham avisado?

A janela do quarto do hotel dava para um muro coberto de hera, repleto de pássaros chilreando. Um levantou voo, outros dois voltaram e desapareceram na densa folhagem.

Atara pensou naquele dia, um ano antes, quando tentara achar o caminho de volta para Manhattan depois de deixar Mila e Judith, depois de a mulher irada tê-la impedido de entrar na sinagoga. Atara tinha procurado um táxi, mas não levara a carteira consigo para não ofender Judith — *muktsa*, a carteira era *muktsa* no dia da Festa da Lei — e ela subira pela rampa de pedestres para a ponte de Williamsburg. A cancela balançava com a chegada de um trem, e ela continuou a andar, meio apoiada no corrimão, na esperança de que a menina ainda viesse.

Deu um pulo até o telefone. Mila estava na linha; Zalman ficaria fora a tarde toda.

Atara correu para a cabeceira de Hannah.

Hannah se curvou e pegou a mão de Atara como se o tempo não houvesse passado. Não podia falar com facilidade porque uma máscara de oxigênio cobria-lhe o nariz e a boca, mas apontou para seu avental florido, jogado sobre o encosto de uma cadeira. Atara o trouxe até ela, Hannah apontou os bolsos. Atara pegou fragmentos de papel pautado, arrancados de um velho caderno escolar, fragmentos que Hannah preenchera com mensagens espremidas em iídiche, mensagens não enviadas que suplicavam a uma filha que voltasse ao seu *lar judeu*, suplicavam a uma filha que se lembrasse de uma mãe que sempre a apertara contra o peito. Atara enxugou o nariz e os olhos. Hannah apertou a mão da filha e cantarolou baixinho, *Uma carta para sua mãe... mande expressa... uma breve carta para sua mãe, filhinha... temos um bom chassid para você...*

Os olhos de Hannah ainda esperavam que Atara voltasse, seus ouvidos ainda esperavam ouvir, antes do fim, Atara pedir perdão ao Senhor e comprometer-se a obedecer Sua Lei.

Assim o rio chorou na vidraça da janela, chorou o retorno impossível.

Etti entrou correndo; Zalman estava a caminho.

Atara beijou a face e a mão de Hannah, deixou a cabeceira da mãe e tentou não desejar a morte de Zalman. Chegou ao Jardim de Luxemburgo. Foi até o parquinho de seus verões com Mila. Viu os seios de mármore das rainhas da França que montavam guarda em torno da lagoa que ela e Mila haviam circundado de bicicleta.

O sino do Sénat tocou o quarto de hora.

Deveria ela ter brigado por Mila? Deveria ter insistido que Mila a acompanhasse para a biblioteca? Mas se Mila também tivesse ido embora, quem teria consolado Hannah e Zalman?

Deveria ter brigado por Judith contra a vontade dela própria?

O som de um ancinho penteando o pedrisco abrandou a confusão de Atara. Ao ancinho seguiu-se um silêncio. As folhas de outono se assentaram no carrinho de mão.

2007

Transilvânia

Era uma peregrinação que havia muito tempo Atara tinha intenção de fazer, para ver como era, lá longe, sem judeus. Ela precisava sentir a ausência.

Contou a Mila sobre a viagem planejada e ela lhe mandou o broche que pertencera à mãe de Josef.

Atara lhe telefonou. "Como vou encontrá-la?"

Mila descreveu um pasto de cavalos ao lado de uma estrada de ferro que acompanhava um rio, uma tília junto a um portão de madeira, um galinheiro, um estábulo.

"Mas você nunca ouviu nada dela?"

"Nós mandamos pacotes. Durante anos, eu corria para a caixa de correio, na esperança de uma carta de Florina, esperando receber Josef, que descanse em paz, com boas notícias. Nunca chegou carta alguma. Mandamos pacotes até que um recente emigrado da Romênia disse a Josef que podia não ser uma boa ideia; na Romênia de Ceausescu, Florina poderia ser interrogada pelo seu contato com o Ocidente. Josef se preocupou. Tentei acalmá-lo, funcionários corruptos confiscavam os pacotes, ela jamais soube que mandamos alguma coisa, bandidos roubavam o açúcar e o café — nunca ouvimos nada dela."

Depois de desejar a Atara tudo de bom na viagem, Mila acrescentou: "Eu acompanhei seu pai numa peregrinação à tumba do Rebbe, no norte do estado de Nova York. Eu o vi incluir o seu nome, *Eydell Atara*, no bilhete que introduziu na lápide. Ele escreveu o seu nome no alto da página, porque você foi a primogênita, depois escreveu o nome dos seus irmãos. Ele incluiu você entre os filhos dele, pelos quais rezou pedindo que o Senhor mostrasse bondade e compaixão".

*

O vento soprava forte enquanto Atara estava parada perto da janela aberta no estreito corredor. O trem para o leste atravessava ruidosamente lugares que um dia haviam sido seu lar; Viena, Praga, Budapeste, Varsóvia... Ela imaginara dedos preto-azulados deixando profundas cicatrizes na terra; parecia que as únicas cicatrizes eram as suas.

Ao longo dos trilhos cheirando a pó, metal e urina, ela cantarolava as canções de Hannah; nos bancos gastos das praças de mercado da Europa, ela cantarolava velhas melodias para consolar corações feridos e fazê-los seguir adiante, *Es brent, briderlech es brent...* Ela cantarolava baixinho para as almas que ainda assombravam aquelas margens de rios, almas desorientadas que não conseguem achar os traços de sua existência. As canções flutuavam em praças sem judeus, enquanto ela subia em outro trem para traços ainda mais apagados.

Chegou à Transilvânia e desembarcou na estação de Statu Mare. Pequenas letras sob a placa da cidade indicavam que a localidade também fora conhecida como Szatmár. Pegou um táxi para a praça principal de Statu Mare/ Szatmár, a Piaţa Libertăţii. Reclinadas contra os pilares cobertos de fuligem, mulheres de maquiagem carregada em saias minúsculas cruzavam e descruzavam as pernas nuas, saltos altos batendo na pedra fria. Ela perguntou se ainda havia uma sinagoga de pé em Statu Mare.

Sim, mas não havia congregação.

Atara conseguiu chegar à fronteira que havia separado a Transilvânia do norte da Transilvânia do sul durante a guerra, pensou em Mila e seus pais trancados dentro de uma sinagoga, carregando a mesma mala por trinta e um dias; pensou na noite em que os judeus de Deseu abandonaram seu rio, como aqueles que eram agricultores ficaram preocupados com as sementes que não haviam sido plantadas, e a mães falando de campos cobertos de margaridas, e as crianças adormecidas enquanto o rio gravava seu sopro, uma última noite.

Ela encontrou Deseu e seu cemitério judaico. Procurou o túmulo do pai de Mila, mas as pedras estavam tombadas para os lados e algumas haviam caído inteiramente, e ela não pôde dizer que túmulo era de quem.

Ouviu o lamento de Judith; ouviu a canção de ninar de Josef consolando o lamento:

Serei eu a semente de Zalman Stern?
Hay li lu li la...

Um velho saiu de um bosque de bétulas. "Você é uma judia? *Evreu?*"

O homem pensou que essa mulher devia ser, ali parada entre os túmulos. Sorriu um sorriso malévolo, e no seu casaco surrado, da era soviética, com a boca desdentada, cantou "*Yadidadidam*!".

Desdobrou uma toalhinha cinzenta sobre uma pedra e pôs sobre ela algumas fivelas de plástico, um marcador de livros com a foto de uma sinagoga, alfinetes, retratos de santos... "Barato, muito barato!"

Atara deu a ele algum dinheiro e deixou o cemitério.

Encontrou a tília próxima ao portão, o campo com um galinheiro e um estábulo.

Uma anciã, vergada, usando um lenço de cabeça e um vestido pretos, veio arrastando os pés na sua direção, um regador na mão. "Olá, quem é você?", a mulher perguntou.

"Eu... eu vim — Josef... Josef Lichtenstein."

"Shh...". A velha pôs um dedo sobre os lábios.

À sombra da tília onde Zalman havia parado meio século atrás, Atara recomeçou: "Anghel, eu vim falar de Anghel".

A mão retorcida da mulher procurou o bolso. Tirou um cartão-postal amarrotado e mostrou.

Anghel escrevera para Florina que mandaria buscá-la assim que tivesse arado os campos da América.

A mulher enxugou os olhos, enfiou o postal rachado entre as dobras de seu vestido preto, ergueu os olhos. "Olá, quem é você?"

Atara falou do casamento de Anghel com a bela Mila Heller cujos pais tinham morado perto de Cluj, do outro lado do rio. Falou do amor de Anghel pelas suas duas mães.

A mulher levantou o regador. A água correu um pouco sobre o vaso de urtigas.

Atara abriu a bolsa e tirou o broche. "Anghel gostaria que Florina ficasse com isto."

A velha mulher observou o broche com incerteza.

Atara perguntou se Florina tinha casado depois que Anghel se fora.

A mulher ergueu os olhos nublados. "Olá, quem é você?"

Atara entrou no quintal e prendeu o broche na lapela da mulher. A mulher cantarolava para si. Ao notar Atara novamente, disse: "Olá".

Atara começou a descer a estrada de terra. Patos grasnando bambolearam atrás dela enquanto ela acelerava o ritmo, passando por portas onde mães com xales apertados sobre os ombros chamavam suas fileiras de filhos a vir para casa.

2012

Williamsburg, Brooklyn

Mila desperta em sua cadeira junto à janela da sala de estar. Curva-se para a frente e olha para fora. Entre os cachos laterais e as abas de casacos pretos ondulando pela passarela, ela procura o jumento branco do Messias, sinal de Josef e Judith vivendo novamente. Ela aquieta os bisnetos correndo ao redor de sua poltrona e escuta o passo do profeta Elias. Enterra o rosto em seu livro de orações. *Se minha hora chegar antes do Messias, que eu seja digna de permanecer perto de meu Josef, na casa dos devotos...* Ela dormita enquanto seus bisnetos riem e balançam os cabelos sedosos e esvoaçantes em volta dela. Uma última vez, Mila sonha com Josef pondo a mão sobre o coração, sobre o coração dela, e proferindo a palavra.

Glossário

Alef-beit: alfabeto; *alef* e *beit* são as duas primeiras letras do alfabeto hebraico.
Amá: falo.
Apikores (pl.: *apikorsim*): descrente.
Apikorses: heresia.
Baraita: lei oral judaica não incorporada aos seis volumes da Mishná.
Ben Torá: literalmente, "filho da Torá", um menino ou rapaz que se comporta segundo os preceitos da Torá.
Chalá: pão trançado, usado na celebração do shabat.
Chalila: Deus me livre.
Chassid (pl.: chassidim; adj.: chassídico): movimento judaico surgido no final do século XVII, criado pelo rabi Israel ben Eliezer, conhecido como Baal Shem Tov — o Portador do Bom Nome. Caracterizou-se pela importância dada à devoção e ao fervor religioso, danças e cânticos, em contraposição ao judaísmo rabínico tradicional, que exigia estudo profundo. Essa característica atendeu aos anseios da população

não estudada, fazendo com que se propagasse rapidamente. A palavra *chassid* significa literalmente "pio", "devoto".

Eibershter: o que está acima, Deus.

El maleh rachamim: Deus cheio de misericórdia; oração para os mortos, pela alma dos que partiram.

Gematria: mística judaica voltada para a interpretação numérica.

Gói (pl.: *goym*): literalmente, "nação". Termo usado para se referir a não judeus.

Grandes Festas, Dias Terríveis, Santíssimos Dias: Rosh Hashaná (Ano Novo) e Yom Kippur (Dia do Perdão), celebrado dez dias após o Rosh Hashaná.

Haftará (pronúncia asquenaze: *haftora*): excertos do livro dos Profetas, seguidos ao trecho da Torá que se lê semanalmente nos ofícios religiosos do shabat e das festas; é tradicionalmente lido na cerimônia de bar mitsvá pelo menino que, aos treze anos, está completando sua maioridade religiosa.

HaMapil: oração feita costumeiramente antes de dormir para que se tenha um bom sono e se desperte bem.

HaShem: literalmente, "O Nome"; "Deus". É como os judeus ortodoxos se referem a Deus na linguagem cotidiana, uma vez que não é permitido mencionar seu nome.

Havdalá: literalmente, "distinção"; oração feita no final do shabat e das festas para diferenciar os dias santos dos dias úteis.

Ieke: judeu alemão; os judeus da Europa Central e Oriental se referiam aos alemães desse modo em razão dos paletós curtos (*jáke*) que usavam, em lugar dos longos capotes e sobretudos.

Ilui: prodígio da Torá.

Kaleh meidel: moça em idade de casar.

Kapures: ritual de expiação em que se mata uma galinha na véspera do Yom Kippur, para que ela leve os pecados da família; semelhante ao bode expiatório.

Lilin: demônios.

Mamzer (pl.: *mamzerim*): bastardo.
Mamzerut: bastardia.
Mazel tov: literalmente, "boa sorte"; expressão usada como felicitação.
Mezuzá: pequeno invólucro (geralmente de madeira ou metal), contendo trecho da oração *Shemá Israel* (ou simplesmente *Shemá*), que é afixado nos batentes das portas e portões dos lares judaicos.
Misnagdim (sing.: *misnagued*): termo usado para designar os judeus que se opuseram aos princípios do chassidismo, continuando a valorizar o estudo formal; significa literalmente "opositor".
Mitsvá: mandamento, referindo-se aos 613 mandamentos da Torá, que todo judeu devoto adulto deve cumprir; refere-se também a uma boa ação.
Muktsa: literalmente "deixar separado"; termo usado para objetos que não podem ser tocados nem movidos no shabat.
Nu: interjeição utilizada nas mais diversas situações e que significa "hein!", "e então?" e similares.
Rebbe: literalmente, "rabino"; nesta forma refere-se ao líder de uma seita chassídica.
Shadai, Melech, Netsach: atributos de Deus.
Sheigets: termo pejorativo para um rapaz jovem, irresponsável, usado também para referir-se a um jovem não judeu.
Shemá: considerada a oração mais importante no judaísmo, praticamente a profissão de fé: *Escuta, ó Israel, o Senhor é nosso Deus, o Senhor é Um*.
Sholem aleichem: forma asquenaze ou iídiche de *Shalom aleichem*, literalmente "A paz esteja convosco", saudação de chegada e despedida.
Shtreimel: chapéu de pele de zibelina, feito de sete ou treze caudas do animal, usado por homens chassídicos casados.

Shul: local onde são feitas as orações; casa de oração, também casa de estudo.

Simchat Torá: a Festa da Lei, que celebra o fim e o reinício do ciclo anual de leitura da Torá.

Tefilin: filactérios; par de pequenas caixas de couro contendo textos hebraicos em pergaminho. Usados diariamente em orações matinais, são presos à cabeça e ao braço esquerdo dos homens por meio de tiras de couro.

Talmude: conjunto compilado de comentários rabínicos sobre o Tanach, o Velho Testamento.

Tanach: acrônimo, em hebraico, de Torá (o Pentateuco), Neviim (Profetas) e Ketubim (Escrituras), utilizado para designar o Velho Testamento, que constitui a Bíblia judaica.

Tekiá; Teruá: tipos de toques do *shofar*, o chifre de carneiro tocado nas comemorações judaicas, especialmente nas Grandes Festas.

Treifeneh medineh: terra profana, terra não kosher.

Tsadik: literalmente, "justo"; no chassidismo, homens extremamente devotos, cujas boas ações contribuíam para o bem-estar coletivo, ainda que não fossem necessariamente rabinos formados.

Tuica: aguardente romena feita de ameixas, com alta dosagem alcoólica.

Yeshiva: escola de formação rabínica.

Yingaleh: menino, garotinho.

Agradecimentos

Scott Moyers e Andrew Wylie da Agência Wylie responderam ao meu manuscrito imprevisto e têm toda minha confiança e admiração.

Lindsay Sagnette e Becky Hardie são editoras e incentivadoras extraordinárias. Sou grata pela nova comunidade literária que estão construindo na Hogarth, em conjunto com Maya Mavjee, Molly Stern, Clara Farmer, David Drake, Rachel Rokicki, Rachelle Mandik, Barbara Sturman, Christine Kopprasch, Rachel Meier, Julie Cepler e Jay Sones.

Florence Berger, Toby Berger, Julie Hilden, Heather White e David Coleman são o tipo de leitores que todo autor gostaria de ter.

Em diferentes estágios da criação desta obra, Adam Eaglin, John Casey, Maribelle Leavitt, Stephen Leavitt, Melanie Thernstrom, Sherry King e Deborah Reck me deram feedback e incentivo fundamentais.

Larry Berger leu cada rascunho do primeiro conto em inglês até as provas de prelo.

ESTA OBRA FOI COMPOSTA POR OSMANE GARCIA FILHO EM ELECTRA E
IMPRESSA PELA PROL EDITORA GRÁFICA EM OFSETE SOBRE PAPEL
PÓLEN SOFT DA SUZANO PAPEL E CELULOSE PARA A EDITORA SCHWARCZ
EM MARÇO DE 2014